DAS GILGAMESCH-EPOS

Sîn-leqe-Unnīnī

DAS GILGAMESCH-EPOS

AuraBooks

– Bibliografische Information der Deutschen Nationalbibliothek –
Die Deutsche Nationalbibliothek verzeichnet diese Publikation in
der Deutschen Nationalbibliografie; detaillierte bibliografische Daten
sind im Internet über http://dnb.d-nb.de abrufbar.

IMPRESSUM

ISBN: 978-3755786016
DAS GILGAMESCH-EPOS
Niedergeschrieben von Sîn-leqe-unnīnī
Übersetzt aus dem Babylonischen nach Albert Schott und Alfred Jeremias,
überarbeitet, mit vereinheitlichten Personennamen
Print- und eBook Originalausgabe 2022, 2018, 2014
Lektorat und Umschlaggestaltung: *das_redaktionsbuero*
Cover-Hintergrund-Motiv: Abbildung der elften Keilschrifttafel des
Gilgamesch-Epos, der sogenannten Sintflut-Tafel.
Motiv Seite 6: Gilgamesch mit einem jungen Löwen. Relief aus dem Palast
des assyrischen Königs Sargon in Dur Šarrukin (heutiges Chorsabad),
im heutigen Irak, aus dem 8. Jhd. v. Chr.
Herausgeber: AuraBooks | redaktion@aurabooks.de
Herstellung und Verlag: BoD – Books on Demand, Norderstedt
Gesetzt aus der Garamond
Dieses Buch gibt es auch als eBook, z.B. im amazon Kindle Bookstore

INHALT

DAS
GILGAMESCH
EPOS

Gilgamesch mit einem jungen Löwen.
Relief aus dem Palast des assyrischen Königs Sargon in Dur Šarrukin
(heutiges Chorsabad), im heutigen Irak, aus dem 8. Jh. v. Chr.

Vorwort

GILGAMESCH ist der älteste antike Held, dessen Existenz sich tatsächlich zurückverfolgen lässt. Gleichzeitig ist das auf Keilschrift[1]-Tafeln festgehaltene Gilgamesch-Epos eines der ältesten bekannten schriftlichen Dokumente der Menschheit.

Laut überlieferter sumerischer Königslisten war Gilgamesch einer der ersten Könige (der fünfte König der ersten Dynastie) in der Stadt Uruk in Mesopotamien, auf dem Gebiet des heutigen Irak – etwa 180 Kilometer südlich von Babylon (heute Babil).

Gilgamesch herrschte hier von ungefähr 2652 bis 2602 v. Chr. – also rund 1500 Jahre vor dem Trojanischen Krieg und den griechischen Helden Achilles und Odysseus. Man schreibt ihm eine harte Regentschaft zu, andererseits soll er auch viel für sein Reich getan haben. Er vervollständigte die Unabhängigkeit Uruks, eröffnete neue Handelswege und ließ die Stadt mit einer 11,3 Kilometer langen, etwa 9 Meter hohen und ebenso tiefen Stadtmauer umgeben. Zu dieser Zeit war Uruk vielleicht die kulturell am höchsten entwickelte Stadt der ganzen Welt, mit Arbeitsteilung, Kunst, einem Priesterwesen und Bürokratie – und nicht zuletzt der ersten bekannten Schrift, der Keilschrift, die sich in dieser Region entwickelte.

---

[1] *Keilschrift:* Die altmesopotamische Keilschrift ist die älteste bekannte Schrift. Sie wurde von den Sumerern entwickelt und hat ihren Namen von den keilförmigen Eindrücken des Schreibgeräts, eines Griffels aus Rohr, mit dem in feuchte Tontafeln geritzt wurde. Diese wurden anschließend gebrannt oder getrocknet. Archäologen fanden bisher ca. 500.000 dieser Tafeln, als Bruchstücke oder unversehrt. Aus solchen Tafeln konnte das Gilgamesch-Epos rekonstruiert werden. – Die voll entwickelte Keilschrift verfügte über rund 600 Zeichen. Ungefähr die Hälfte dieser Zeichen konnte entweder als Logogramm oder als Silbe eingesetzt werden, die anderen waren nur Logogramme. Der Schritt zu einem Alphabet (bei dem jedes Zeichen einem Laut entspricht) wurde noch nicht vollzogen.

Von den nachfolgenden Generationen wurde Gilgamesch schon bald als gottähnlich verehrt. Man sah ihn als Sohn der Göttin Ninsun und des vergöttlichten Königs Lugalbanda an. Die Götter hatten entschieden, dass Gilgamesch zu seiner menschlichen Natur zwei göttliche Attribute erhalten sollte: Die Manneskraft von Šamaš (Sonnengott) und den Heldensinn von Adad. Damit war Gilgamesch zu »zwei Drittel göttlich und einem Drittel menschlich« – somit auch sterblich.

In den tausend Jahren nach Gilgameschs Regentschaft entstanden zahlreiche Sagen, die um den gottähnlichen Helden kreisten und in verschiedenen Sprachen (Akkadisch, Hurritisch und Hethitisch) verfasst wurden. Die Erzählungen verbreiteten sich im gesamten Nahen Osten. Textfragmente in Keilschrift fand man zum Beispiel in der alten Hauptstadt Assyriens, Assur am Tigris, und auf dem Hügel Sutantepe (oder Chusirina) nahe Harran in Nordmesopotamien.

Im zwölften Jahrhundert v. Chr. machte sich der Schreiber und Orakelpriester Sîn-leqe-unnīnī[2] daran, die Erzählungen um Gilgamesch neu zu sichten und zu einem einheitlichen Werk zusammenzufassen. Er verwendete dazu einen Teil – jedoch nicht alle – der bis dahin bekannten Gilgamesch-Sagen. Das Ergebnis, das Zwölftafel-Epos, ist das heute allgemein *Gilgamesch-Epos* genannte Werk. Die Endversion des Epos mit etwa 3.600 Verszeilen wurde vermutlich in Uruk auf elf Keilschrifttafeln niedergeschrieben. Den größten Teil des noch erhaltenen Textes fand man – um eine zwölfte Tafel ergänzt – in der sagenhaften, großen Tontafelbibliothek des Assyrerkönigs *Aschurbanapli* (biblisch: *Assurbanipal*) (669–627 v. Chr.) in dessen Hauptstadt Ninive.

---

2 *Sîn-leqe-unnīnī* (Sinleke-unini, 12. Jhd. v. Chr.): Stammvater einer späteren Priesterfamilie in Uruk. Mutmaßlicher Verfasser des 12-Tafel-Gilgamesch-Epos.

Zum Inhalt

GILGAMESCH, zu Beginn ein übermütiger und stolzer König, verlangt seinen Untertanen viel ab – zu viel. Immer wieder zieht er sie zu Bauprojekten seiner Paläste heran, lässt sie schuften, regiert despotisch und zeigt keine Dankbarkeit. Die Frauen von Uruk beschweren sich bei der Göttin Ištar, die Gilgamesch in seine Schranken weisen soll. So erschafft die Muttergöttin Aruru gemäß der Anordnung des Himmelsgottes Anu, Vater der Ištar, aus Lehm den Enkidu, der – mehr wildes Tier als Mensch –, ungeheuer stark und wild, in der Steppe nahe Uruk haust, und der Gilgamesch besiegen soll. Doch noch ist Enkidu nicht reif, den Kampf mit dem König aufzunehmen. Erst muss er durch den siebentägigen Umgang und Beischlaf mit einer Tempeldienerin, die aus Uruk zu ihm entsandt wird, zivilisiert werden.

Nach dem Liebesspiel vergisst Enkidu sein bäuerliches Dasein und seine Herde und zieht mit der neuen Gefährtin zurück nach Uruk. Unterwegs lernt er zivilisierte Nahrung und Getränke kennen und wird von einem Barbier vollends menschlich gemacht. In Uruk kommt es schließlich zum von den Göttern gewollten Kampf mit Gilgamesch. Doch dieser schlägt sich gegen den Wilden aus der Steppe besser als erwartet: Der Kampf endet unentschieden. Ermüdet sinken beide schließlich nieder und schließen Freundschaft.

Nun nehmen sie sich vor, gemeinsame Heldentaten zu vollbringen und ziehen los zum Zedernwald der Ištar, um dort Chumbaba, den Hüter des Waldes, zu töten und Zedern zu fällen. Doch Ištar, die Göttliche, hasst Gilgamesch nicht wegen dieses Frevels, sondern erst, als er ihre Liebesschwüre beleidigend zurückweist. Er wagt es sogar, zu ihr zu sagen:»An der Straße, da sei dein Sitz, ... dann wird dich nehmen, wer immer Lust dazu hat.«

Zutiefst gekränkt fordert Ištar ihren Vater Anu auf, den Himmels-Stier auszusenden, der Gilgamesch und seine Anhänger töten soll. Doch Enkidu und Gilgamesch können das Ungeheuer besiegen. Die Götter schicken zur Strafe eine Krankheit, an der Enkidu stirbt.

Verzweifelt über den Tod seines Freundes, beginnt Gilgamesch eine Reise nach dem Sinn des Lebens und dem Geheimnis der Unsterblichkeit. Die Reise führt ihn durch viele Stationen des Jenseits, etwa den mit Edelsteinbäumen bewachsenen Garten, oder das ›Wasser des Todes‹, das er mit Hilfe des Fährmannes Urschanabi überquert. Am Ende kommt er zum Weisen Utnapischtim am Ende der Welt, von dem er das Geheimnis der Unsterblichkeit erfahren möchte.

Dieser erzählt Gilgamesch die Geschichte einer großen Flut (von der die Sintflut-Sage in der Bibel inspiriert ist); diese Erzählung findet sich auf der elften und bekanntesten Keilschrift-Tafel aus Assurbanipals Bibliothek.

Später verrät Utnapischtim dem Gilgamesch, dass sich im Meer ein Gewächs befindet, »dem Stechdorn ähnlich«, das ewige Jugend verleihe. Gilgamesch taucht ins Meer hinab und bringt das Gewächs an Land. Doch auf dem Rückweg nach Uruk – während Gilgamesch sich an einem Brunnen wäscht, schnappt eine Schlange das Gewächs und vertilgt es. Enttäuscht, doch klüger, kehrt Gilgamesch nach Uruk zurück, bereichert um die Erkenntnis, dass er sich nur durch große Werke als guter König einen unsterblichen Namen machen kann. So beginnt er mit dem Bau der Stadtmauern von Uruk.

Zuletzt steigt Enkidus Geist aus seinem Grabe auf und beschwört den Freund, sich dem irdischen Los (der Sterblichkeit) zu unterwerfen. © *A. Fischer, 2014*

Die Sumerer

(Sumerisch: Ki-engir/Akkadisch: Shumerum): Volk, das sich ca. 3500 v. Chr. am Euphrat nahe des Persischen Golfs ansiedelte und dort anderthalb Jahrtausende die Herrschaft ausübte. Die Geschichte der Sumerer wurde auf Tontafeln, die in Keilschrift geschrieben sind, festgehalten.

Vorgeschichte: Im 5. Jahrtausend v. Chr. siedelte das Volk der Ubaidier in jener Region Westasiens, die später als Sumer bekannt wurde. Aus diesen Siedlungen entstanden die bedeutenden sumerischen Städte Adab, Eridu, Isin, Kisch, Kullab, Lagasch, Larsam, Nippur, Uruk und Ur (heute die Ruinenstätte Tell Mukajir, 150 Kilometer westlich von Basra, Irak, südlich des Euphrats). Einige Jahrhunderte später kamen Semiten aus den syrischen und arabischen Wüsten in dieses Gebiet.

Nach 3250 v. Chr. zog ein anderes Volk aus dem Nordosten von Mesopotamien in diese Region und begann, sich mit der Urbevölkerung zu vermischen. Dieses Volk, das später den Namen Sumerer tragen sollte, sprach eine agglutinierende Sprache[3], die mit kaum einer gegenwärtig existierenden Sprache zu vergleichen ist. – In den folgenden Jahrhunderten wurde das Land reich und mächtig. Kunst, Architektur und Handwerk kamen zur Blüte, und die Hauptsprache des Landes wurde Sumerisch. Die Sumerer entwickelten eine eigene Schrift, die Keilschrift. Für etwa 2000 Jahre war sie das Hauptmedium der schriftlichen Kommunikation in Westasien. Der erste nachgewiesene Herrscher von Sumer war Etana, König von Kisch (ca. 2800 v. Chr.). Die Stadt Uruk erreichte unter Gilgamesch (ca. 2652 bis 2602 v. Chr.), dessen Taten im Gilgamesch-Epos gepriesen werden, eine politisch herausragende Stellung.

Die Stadt Uruk

Sumerischer Stadtstaat, in der Bibel Erech benannt, heute die Ruinenstätte Warka im Irak. Uruk lag im Altertum am Euphrat, heute rund 20 Kilometer von seinem Nordufer entfernt in der Wüste, da sich der Flusslauf verändert hat. Die Stadt war seit etwa 4000 v. Chr. besiedelt. Zwischen 3500 und 3100 v. Chr. (der so

---

[3] *In agglutinierenden Sprachen* (lat. agglutinare ›ankleben‹) wird die grammatische Funktion, beispielsweise Person, Zeit, Kasus, durch das Anfügen von Affixen (unselbstständige Wortbestandteile) kenntlich gemacht.

genannten ›Uruk-Zeit‹) bestand dort eine Kultur, die eine charakteristische Keramik herstellte. In der zweiten Hälfte dieser Epoche begann man prächtige Tempelanlagen mit Ziegelsäulen und geometrischen Tonstiftmosaiken zu errichten und entwickelte ein System von Bildzeichen (Piktogramme), das als älteste nachgewiesene Schrift gilt. Daraus entstand die sumerische Keilschrift. Seit Beginn des 3. Jahrtausends v. Chr. war Uruk ein wichtiger Stadtstaat Sumers und als Kultzentrum der obersten Gottheit Anu auch ein religiöser Mittelpunkt des Reiches. Bedeutende Bauwerke der annähernd kreisförmigen Stadt mit elf Kilometer langer Stadtmauer waren u. a. der Anu-Schrein, der weiße Anu-Tempel, die große Anlage des Eanna-Tempelbezirks, die Archive und eine Zikkurat[4].

Uruk ist nicht zu verwechseln mit der ebenfalls mächtigen, nur knapp 100 Kilometer südöstlich gelegenen sumerischen Stadt Ur.

Anmerkung zum Text

Einige Keilschrifttafeln sind nur bruchstückhaft vorhanden, aus diesem Grund enthält der Text Auslassungen. In anderen Fällen ist die Übersetzung bestimmter Begriffe bis heute zweifelhaft. Unsicheres oder Ergänztes wurde im Lauftext des Epos *kursiv* gesetzt.

---

[4] *Zikkurat* (Ziggurat): Monumentale Tempelform im alten Mesopotamien. Zikkurats wurden seit dem 4. Jahrtausend v. Chr. aus ungebrannten, luftgetrockneten Lehmziegeln errichtet und anschließend mit gebrannten, oft farbig glasierten Ziegeln verkleidet. Sie bestanden aus mehreren abgestuften quadratischen oder rechteckigen Plattformen, die zu einem kleinen Tempel oder Heiligtum führten. – Die berühmteste Zikkurat war der Tempelturm von Etemenanki (allgemein bekannt als Turm zu Babel) am Tempel des Gottes Marduk in Babylon, der von König Nabopolassar (625–605 v. Chr.) und seinem Sohn Nebukadnezar II. wieder aufgebaut wurde. Die größten Ruinen sind die der Elamite-Zikkurat in Choga Zambil Dur Untash (Iran, 3. Jahrhundert v. Chr.), die eine Grundfläche von 10.400 Quadratmetern (102 Metern im Quadrat) aufweisen.

Erste Tafel

[Gilgamesch,] der alle Tiefen auslotete, der die Fundamente
   des Landes gelegt hatte,
Der die Ferne kannte, Jegliches erfasst hatte,
   der gleichermaßen *[...]*;
Der alles an Kenntnis der Dinge hatte,
   die Summe der Weisheit,
dazu hatte *Anu*[5] ihn bestimmt.
Verwahrtes auch sah er, Verborgenes erblickte er;
brachte Kunde von der Zeit vor der Sintflut,
Einen weiten Weg legte er zurück, war dabei erschöpft einmal
   und dann wieder frisch.
Auf einen Denkstein hat er die ganze Mühsal *gemeißelt.*
Die Mauer um Uruk-Gart ließ er bauen,
Um das allerheiligste Eanna, den strahlenden *Hort des Schatzes.*
Sieh an seine Mauer, deren Friese wie Bronzeschalen
   scheinen!
Ihren Sockel beschau, dem niemands Werk gleicht!
Auch den Blendstein fass an – der seit Urzeiten da ist! –
Nahe dich Eanna, dem Wohnsitz Ischtars[6]
Das kein späterer König, kein Mensch ebenso machen kann!
Auch steig auf die Mauer von Uruk, *geh fürbass,*
Prüfe die Gründung, besieh das Ziegelwerk!

---

[5] *Anu:* oberster Gott der Sumerer zur Zeit Gilgameschs

[6]   *Ischtar:* Hauptgöttin der Babylonier und Assyrer, entspricht der
griechischen Astártē, abgeleitet vom Namen Aschtoret, der phönizischen
Göttin der Liebe und Fruchtbarkeit. – Ischtar war die Große Mutter,
Frucht- barkeitsgöttin und Himmelskönigin, oft dargestellt mit einem
Kind an der Brust. Bei den Assyrern war sie auch Göttin der Jagd und
des Krieges und wurde mit Schwert, Bogen und Pfeilen im Köcher
abgebildet. Als Liebesgöttin brachte sie vielen ihrer Liebhaber die
Vernichtung.

Ob ihr Ziegelwerk nicht aus Backsteinen ist,
Ihren Grund nicht legten die sieben Weisen!
Ein Sar die Stadt, ein Sar die Palmgärten,
ein Sar die Flußniederung,
dazu der *(heilige)* Bereich des Ischtartempels:
Drei Sar und den *(heiligen)* Bereich von Uruk umschließt sie.
Sieh dir an die Urkundenkapsel aus Kupfer,
Nimm ab davon das Schloß aus Bronze!
Öffne die Tür vor seinem verborgenen Schatz,
Komm und lies gründlich die Lapislazuli-Tafel,
Die erzählt, wie er, Gilgamesch, durch alle
    Beschwernisse zog!
Überragend ist er weit voran den Königen, der
Ruhmreiche von schöner Gestalt,
Der heldenhafte Abkömmling von Uruk, der stößige Stier.
Er geht voran, ist der Allererste;
Er geht hinterher, ist die Stütze seiner Brüder,
Ein starkes Kampfnetz, der Schirm seines Heerbanns;
Eine wilde Wasserflut, die Steinmauern zerstört,
Sproß des Lugalbanda[7], Gilgamesch, der
    an Kräften Vollkommene,
Kind der erhabenen Kuh Rimat-Ninsun.
Der Wildstier Gilgamesch, der Vollkommene,
    Ehrfurchtgebietende,
Der da fand die Eingänge in das Gebirge,
Der dürstete nach den Zisternen am Rand
    des Steppenlandes.
Der die See überfuhr, das weite, zum Sonnenaufgang
    hin liegende Meer.

---

[7] *Lugalbanda*: Sohn des Enmerkar, der nach der sumerischen Königsliste der 3. König der 1. Dynastie von Uruk (um 2600 v Chr.) war. Er ist auch Kriegsgott, Gemahl der Ninsun, gilt in einigen sumerischen Mythen als Vater des Gilgamesch, in einigen anderen jedoch nicht.

Der die Weltränder ins Auge fasste, überall das
    Leben suchend,
Der in seiner Stärke gelangte bis hin zum
    fernen Utnapischtim[8]
Der die Städte wiederherstellte, die die Sintflut
    vernichtet hatte.
Nicht ... für die umwölkten Menschen,
Der mit ihm verglichen werden könnte für das Königtum,
Der wie Gilgamesch sprechen könnte: »Ich bin der König!«
Gilgamesch, seit dem Tage, an dem er geboren wurde,
    ist sein Name herrlich.
Zwei Drittel an ihm sind Gott, ein Drittel nur Mensch.
Das Bild seines Leibes hat ihm die Mach ...
Sie bereitete seine Gestalt ...
... ist prächtig
    ... [Zeile fehlt]
    ... [Zeile fehlt]
In den Hürden von Uruk geht er einher,
Wilde Kraft setzt er ein gleich dem Wildstier,
    erhabenen *Schrittes*!
Keinen Nebenbuhler hat seiner Waffen Aufbruch!
Durch seine Trommel sind dauernd im Gang seine Gesellen.
Immer neu regten sich auf die Mannen von Uruk
    über *willkürliches Tun*.
»Nicht lässt Gilgamesch den Sohn zum Vater.
Am lichten Tag und bei Nacht bäumt er sich wild auf.
Gilgamesch ist der Hirte von Uruk-Gart,
Übermächtig, stattlich, kundig *und weise*!

---

[8] *Ut-napischtim* (= Ziusudra, sumerisch: ›Leben ferner Tage‹, Atrachasis, griech.: Xisutros, Sisutros): Sumerischer König, welcher in der sumerisch-babylonischen Tradition als letzter König von Schuruppak vor der Sintflut galt. Er soll durch die Hilfe des Gottes Enki die Sintflut überlebt haben.

Nicht lässt Gilgamesch die Jungfrau *zum Geliebten*,
Die Tochter des Helden, die Gemahlin des Mannen.«
Ihre Klage hörten so oft die großen Götter,
Die Götter des Himmels *riefen* Uruks Herrscher *Anu*:
»Schufest nicht du den *trotzigen* Wildstier?
Keinen Nebenbuhler hat seiner Waffen Aufbruch.
Durch die *Trommel* sind aufgestört seine Gesellen;
Nicht lässt Gilgamesch den Sohn zum Vater,
Am lichten Tag und bei Nacht *trotzt* er ganz *wild*!
Und er ist nun der Hirte von Uruk-Gart,
Er, ihr Hirte – und *dennoch bedrückt er sie*!
Übermächtig, stattlich, kundig *und weise*!
Nicht lässt Gilgamesch die Jungfrau *zum Geliebten*,
Die Tochter des Helden, die Gemahlin des Mannen.
»Ihre Klage hörte immer neu der *erhabene* Anu;
Aruru[9] rief man, die große:
»Du, Aruru, hast geschaffen, *was Anu befahl*!
Nun erschaffe, was er befiehlt!
Dem des andern sei *gleich* dessen Herzensungestüm!
Wettstreiten sollen sie – Uruk erhole sich!«
Kaum dass Aruru dieses hörte,
Schuf sie sich im Herzen, was Anu befahl;
Aruru wusch sich die Hände,
Kniff sich Lehm ab, warf ihn *draußen* hin.
Enkidu[10], den *gewaltigen*, schuf sie, einen Helden,
Einen Sprössling der Nachtstille, *mit Kraft beschenkt*

---

[9] *Aruru*: Göttin, die erschafft, was Anu erdenkt

[10] *Enkidu* (›Mann der guten Erde‹): Auf Bitte der geknechteten Untertanen Gilgameschs in Uruk wurde Enkidu auf Anweisung Anus von der Göttin Aruru als Wilder mit dicht behaartem Körper, mit den Tieren lebend, erschaffen; er war zum Gegenspieler Gilgameschs bestimmt, wird jedoch später sein Freund.

von Ninurta[11]

Mit Haaren bepelzt am ganzen Leibe;
Mit Haupthaar versehen wie ein Weib:
Das wallende Haupthaar, ihm wächst's wie der Nisaba!
Auch kennt er nicht Land noch Leute:
Bekleidet ist er wie Sumukan!
So verzehrt er auch mit den Gazellen das Gras,
Drängt er hin mit dem Wilde zur Tränke,
Ward wohl seinem Herzen am Wasser mit dem Getier.

Auf ihn nun stieß gegenüber der Tränke
Ein Jäger, ein gewalttät'ger Mensch:
Einen ersten Tag, einen zweiten und dritten
Stieß er auf ihn gegenüber der Tränke.

Da ihn sah der Jäger, ward reglos sein Antlitz;
Er trat mit seinen Tieren in sein Haus,
Geriet in Erregung, wurde starr und stumm,
Verstört war sein Herz, sein Antlitz umwölkt;
In seinem Gemüt hielt Einzug der Harm,
Einem Wandrer ferner Wege war gleich sein Antlitz.

Der Jäger tat zum Reden den Mund auf
Und sprach zu seinem Vater:
»Mein Vater, ein Mann, der vom Steppenland gekommen –
Der Stärkste im Land ist er, Kraft hat er,
Gleich der *Feste* des Anu gewaltig ist seine Stärke –
Er streift im Steppenland beständig umher,
Beständig frisst mit dem Wild er das Gras,
Beständig *weilt* sein Fuß gegenüber der Tränke;
Ich vermochte ihm nicht zu nahen vor Furcht.
Die ich auswarf, die Gruben, er füllte sie an!
Die Flügelnetze, die ich spannte, riss er heraus,

---

[11] *Ninurta* (sumerisch: ›Herr der Erde‹): Gott der Fruchtbarkeit, später
Kriegsgott, der Babylonien vor den Bergvölkern schützen sollte.

Ließ entrinnen meinen Händen das Wild, der Steppe Getier!
Nicht gibt er zu mein Tun in der Steppe!«
Sein Vater tat zum Reden den Mund auf
Und sprach zum Jäger:
»*Wisse*, mein Sohn, in Uruk *wohnt* Gilgamesch,
Niemand gibt es, der ihn über*mochte*,
Gleich der *Feste* des Anu gewaltig ist seine Stärke.
Auf ihn, *den König, richte* dein Antlitz,
Ihm bring die Kunde vom Gewalt-Menschen!
Eine Schamkat[12] *leih' er dir*! Führ sie zur Steppe!
Mag das Weib dort bewält'gen den Mann wie ein Starker!
Wann denn das Wild herankommt zur Tränke,
Dann werfe sie ab ihr Kleid, er schwelge in ihrer *Lust*!
Sieht er sie erst, so wird er ihr nahen:
Doch sein Wild wird ihm untreu, das aufwuchs *mit* ihm
    in der Steppe.«
Auf den Rat seines Vaters *brach er auf,*
Ging der Jäger fürbaß zu Gilgamesch,
Nahm den Weg, *stand still* inmitten von Uruk:
»*Höre mich*, Gilgamesch, *rate mir auch!*
Ein Mann, der vom Steppenland gekommen –
Der Stärkste im Land ist er, *Kraft hat er,*
Gleich der *Feste* des Anu gewaltig ist seine Stärke –

---

12 *Schamkat* (altbabylonisch): Priesterin, Tempeldienerin. Die Übersetzun-
gen ›Hure‹, ›Dirne‹, ›Prostituierte‹ wecken falsche Assoziationen. Am
Geschlechtsverkehr mit einer Schamkat ist nichts Anrüchiges. So gibt es
auch die ›heilige Hochzeit‹, die der Stadtfürst von Zeit zu Zeit mit einer
Priesterin oder in Wahrnehmung des *jus primae noctis* mit einer noch
unberührten jungen Frau als Vertreterin der Göttin feierte, um dem Land
die Fruchtbarkeit zu erhalten. Wie die Figur des Enkidu zeigt, bedeutet
der Geschlechtsverkehr mit einer Schamkat auch einen zivilisierenden,
reinigenden Akt.

Er streift im Steppenland beständig umher,

Beständig frisst mit dem Wild er das Gras,

Beständig *weilt* sein Fuß gegenüber der Tränke;

Ich vermochte ihm nicht zu nahen vor Furcht.

Die ich auswarf, die Gruben, er füllte sie an!

Die Flügelnetze, die ich spannte, riss er heraus,

Ließ entrinnen meinen Händen das Wild, der Steppe Getier!

Nicht gibt er zu mein Tun in der Steppe!«

Gilgamesch sprach zu ihm, zum Jäger:

»Geh, führ, o Jäger, mit dirDie Priesterin nun, die Schamkat!

Wann denn das Wild herankommt zur Tränke,

Dann werfe sie ab ihr Kleid, *sie enthüll'* ihre Wollust!

Sieht er sie erst, so wird er ihr nahn:

Doch sein Wild wird ihm untreu, das aufwuchs *mit* ihm

    in der Steppe.«

Es ging der Jäger, führend

Die Priesterin mit sich, die Schamkat;

Sie nahmen den Weg, wählten die rechte Straße.

Am dritten Tag langten sie an am Ort der Bestimmung.

In ihr *Versteck* setzten der Jäger sich und die Schamkat.

Den ersten Tag, den zweiten Tag setzten sie sich

    gegenüber der Tränke.

Es kam das Wild und trank an der Tränke,

Es kam das Getier, fand sein Wohlsein am Wasser.

Aber Enkidu, der dem Steppenland entsprossen ist,

Er verzehrt auch mit den Gazellen das Gras,

Trinkt mit dem Wild an der Tränke,

Ward wohl seinem Herzen am Wasser mit dem Getier.

Ihn sah die Schamkat, den Wildmenschen,

Den würgerischen Menschen aus dem Innern der Steppe.

»Dies ist er, Schamkat! mach frei deine Brust,

Deinen Schoß tu auf, dass deine Fülle er nehme!

Scheue dich nicht, nimm hin seinen Atemstoß!

Sieht er dich erst, so wird er dir nahn.
Dein Gewand entbreite, dass auf dir er sich bette,
Schaff ihm, dem Wildmenschen, das Werk des Weibes:
Dann wird sein Wild ihm untreu, das aufwuchs mit
    ihm in der Steppe;
Sein Liebesspiel wird er über dir raunen!«
Ihren Busen machte die Schamkat frei,
Tat auf ihren Schoß, er nahm ihre Fülle,
Sie scheute sich nicht, nahm hin seinen Atemstoß,
Entbreitet' ihr Gewand, dass auf ihr er sich bettete,
Schaffte ihm, dem Wildmenschen, das Werk des Weibes –
Sein Liebesspiel raunte er über ihr.
Sechs Tage und sieben Nächte war Enkidu auf,
Dass er die Schamkat beschlief.
Als er von ihrem Genusse satt war,
Richtet' er sein Antlitz hin auf sein Wild:
Da sie ihn, Enkidu, sahen,
Sprangen auf und davon die Gazellen,
Wich von seinem Leibe das Wild der Steppe.
Anspringen ließ Enkidu seinen gereinigten Leib,
Doch ihm versagten die Knie, da hinwegging sein Wild.
Gehemmt wurde Enkidu, seines Laufens ist nicht wie zuvor.
Er aber *wuchs,* ward weiten Sinnes,
Kehrte um und setzte sich zu Füßen der Schamkat,
Ihr ins Antlitz schauend, der Schamkat;
Der Priesterin, wie sie redet, hören zu seine Ohren.
Die Schamkat sprach zu ihm, zu Enkidu:
»Schaue ich dich an, Enkidu, so gleichst du einem Gott.
Warum läufst du mit dem Wild in der Steppe herum?
Komm, ich will dich mitten nach Uruk-Gart führen,
Zum strahlenden Tempel, dem Wohnsitz von
    Anu und Ischtar!
Wo Gilgamesch ist, vollkommen an Stärke,

Und wie ein Wildstier seine überragende Kraft
   erprobt an den Mannen!«
Da zu ihm sie gesprochen, fand Beifall ihre Rede:
Der Kluggesinnte sucht einen Freund.
Enkidu sprach zu ihr, zur Schamkat:
»Komm, Schamkat, lade du mich ein!
Zum strahlenden Tempel, dem Wohnsitz von
   Anu und Ischtar,
Wo Gilgamesch ist, vollkommen an Stärke,
Und wie ein Wildstier seine überragende Kraft
   erprobt an den Mannen!
Ich, ja ich will ihm die Fehde ansagen,
   heftig tobe der Kampf!
Rühmen will ich mich in Uruk: »Der Starke bin ich!«
Zieh ich ein, so ändre ich die Geschicke!
Der geboren in der Steppe – er hat *ja* Kräfte!« –
»Komm, lass uns gehn, mag er sehen dein Antlitz;
Ich zeig *Gilgamesch dir! Wo* er ist, weiß ich wohl:
Schau hin inmitten von Uruk-Gart, Enkidu,
Zu *den* Männern, *herrlich mit* Gürteln angetan!
Täglich wird dort ein Fest gefeiert
Wo erdröhnen man lässt die Trommeln,
Und *Schamkats* da sind, geschaffen, wie's ihnen ansteht,
Überreich an Fülle, sind sie voll Jauchzens.
Aufs Nachtlager sind gebreitet die großen *Decken.*
Enkidu, dir, der du das Leben *nicht kennst,*
Will ich Gilgamesch zeigen, den so ungleich Gestimmten!
Sieh ihn, schau auf sein Angesicht:
An Männlichkeit schön ist er, Würde hat er,
An Fülle überreich an seinem ganzen Leibe;
Stärke, gewalt'gere, hat er denn du,
Ohne Ruhe bei Tag und bei Nacht.

Enkidu, gib deine Unart auf!

Gilgamesch – Schamasch[13] hat Lieb' ihm erzeigt,

Anu, Enlil[14] und Ea[15] den Sinn ihm geweitet:

Ehe aus der Steppe du gekommen,

Sah Gilgamesch Träume von dir in Uruk:

Gilgamesch erhob sich. Um den Traum zu erklären,

spricht er zu seiner Mutter:

»O Mutter, im Traum meiner *letzten* Nacht

Ging ich *kraftgeschwellt* herum unter den Mannen;

Da verbargen sich die Sterne des Himmels vor mir, und

ein Meteor fiel vor mir nieder.

Ich wollte ihn aufheben, (doch) er wurde zu schwer für mich.

Ich wollte ihn bewegen, doch es gelang mir nicht!

Das (ganze) Land von Uruk ist bei ihm versammelt,

die Männer küssen seine Füße;

Da lehnt' ich *mich* dagegen, sie *standen* mir bei,

da konnte ich ihn aufheben und zu dir bringen.«

Gilgameschs Mutter, der alles kund ist, sprach zu Gilgamesch:

»Vielleicht, Gilgamesch, wurde einer wie du

In der Steppe geboren,

Heranwachsen ließ ihn das Steppenland –

Siehst du ihn, so wirst du Freude haben;

Die Mannen küssen die Füße ihm!

Du wirst ihn umarmen, ihn zu mir führen!

---

[13] *Schamasch*: Sonnengott, wird, im Gegensatz zu seinem Großvater Enlil gern als gütig und gerecht dargestellt.

[14] *Enlil* (›Herr des Sturmes‹): Länderherr, Sturmgott, Beherrscher der Luft, des Raumes zwischen Himmel und Erde und der Erde selbst. Er erschuf aus dem erschlagenen Chaos-Ungeheuer die Welt.

[15] *Ea* (babylonisch)/*Enki* (sumerisch); ›Herr des Unten‹: Gott des unterirdischen Süsswasserozeans, der Weisheit und des Rates, der Magie und Kunstfertigkeit. Kultstadt des Ea war Eridu in Südbabylonien.

Der starke Enkidu ist's,
Ein Gesell, der dem Freund aus der Not hilft!
Der Stärkste im Land ist er, Kraft hat er,
Gleich der *Feste* des Anu gewaltig ist seine Stärke!
Wie über einem *Weib hast du* über ihm geraunt,
... er aber wird dich immer wieder *erretten.*«
Er legte sich schlafen und sah einen anderen Traum;
Stand dann auf, sprach zu seiner Mutter:
»O Mutter, ich sah einen anderen Traum;
Ich *schaute* ein ... auf der Straße von Uruk-Markt.
Eine Axt lag *plötzlich* da
Versammelt war man über ihr.
Diese Axt sah *unheimlich* aus!
Da nun ich sie erblickte, wurde ich froh,
Gewann sie lieb; wie über einem Weib
Raune ich über ihr.
Ich nahm sie und legte an meine Seite sie an.«
Die Mutter Gilgameschs, die weise, alles Wissens kundig,
Sprach zu ihrem Sohn,
Rimat-Ninsun, die weise, alles *Wissens* kundig,
Sprach zu Gilgamesch:
»Die Axt, die du sahst, ist ein Mann!
Du gewannst ihn lieb, wie über einem Weib wirst du
    über ihm raunen,
Und ich werde ihn mit dir gleichstellen.
Er wird zu dir kommen,
Der Gesell, der dem Freund aus der Not hilft!
Im Lande ist er stark, übt Gewalt,
Gleich der *Feste* des Anu gewaltig ist seine Stärke!«
Nochmals sprach Gilgamesch zu seiner Mutter:
»Auf Befehl des großen Beraters Enlil möge *es eintreffen:*
Möcht' einen Freund ich gewinnen, einen Berater.
Gewinnen möcht' einen Freund ich als Berater!
Du deutetest mir die Träume von ihm!«

Zweite Tafel

[Der Text folgt hier der altbabylonischen Fassung]

Enkidu sitzt bei der Schamkat;
Beide umschmeicheln einander,
und Enkidu vergisst nun die Steppe, wo er geboren ward.
Er hört ihr Wort, stimmt ihrer Rede zu,
Des Weibes Rat ging ihm zu Herz Herzen.
Ihr Gewand zog sie aus,
ihn bekleidete sie mit dem einen,
das andere Gewand zog sie selbst sich an.
Sie nimmt ihn an der Hand, wie einen Gott führt sie ihn,
zur Behausung des Hirten, dem Schafpferch.
Um ihn scharen die Hirten sich.
Aber Enkidu, der im Gebirge daheim ist –
Verzehrte auch mit den Gazellen das Gras,
[drei Verse fehlen]
Pflegt' er die Milch des Getiers zu saugen.
Sie setzten ihm Speise vor, er sah genau hin,
Er schaut und guckt
Nicht weiß Enkidu Brot zu essen.
Rauschtrank zu trinken ward er nicht gelehrt!
Die Schamkat tat den Mund auf und sprach zu Enkidu:
»Iss das Brot, Enkidu, das gehört zum Leben!
Trink den Rauschtrank, wie's Brauch ist im Lande!«
Brot aß Enkidu, bis er gesättigt war,
Trank den Rauschtrank – der *Krüge* sieben!
Frei ward sein Inneres und heiter,
Es frohlockte sein Herz, und sein Antlitz erstrahlte! –
Mit Wasser wusch er ab seinen haarigen Leib:
Er salbte sich mit Öl und wurde dadurch ein Mensch.
Ein Gewand zog er an, wie die Männer ist er nun.

Seine Waffe nahm er, gegen die Löwen anzugehen;
Es legten sich nachts schlafen die Hirten!
Er erschlug die Wölfe, verjagte die Löwen.
Es ruhten die *alten* Hüter:
Enkidu ist ihr Wächter,
Der wache Mensch, der eine Mann.
[Lücke von 14 Versen. Enkidu ist mit der Schamkat zusammen:]
Der Wollust ergibt er sich.
Da er aufhob die Augen, erblickt' er einen Menschen!
Zur Schamkat sprach er:
»Schamkat, lass den Menschen fortgehen!
Weswegen kam er? Seinen Namen will ich rufen!«
Die Schamkat rief den Menschen an,
Trat zu ihm hin und sprach zu ihm:
»Mann, wohin eilst du? Worum geht dein Mühen?«
Der Mann tat den Mund auf und sprach zu Enkidu:
»Zum Hochzeitshause *lud man mich ein.*
Das Schicksal der. Leute ist die Erstwahl zur Brautschaft!
[Gilgamesch nahm das jus primae noctis (›Recht der ersten Nacht‹) für sich in
Anspruch; die Männer in Uruk mussten ihm dann ihre Häuser offen halten.
Das ›Netz der Leute‹ (siehe folgende Verse) trennt den Schlafraum vom
Wohnraum ab.]
Auf den Tisch häufte ich die Festspeisen,
Die köstlichen Gerichte des Hochzeitshauses.
Für den König von Uruk-Markt als Erstwerber
Ist geöffnet das Netz der Leute!
Für Gilgamesch, den König von Uruk-Markt, als Erstwerber,
Ist geöffnet das Netz der Leute!
Die, so zu Ehefraun *bestimmt sind,* beschläft er,
– Er zuvor, danach erst der Ehemann:
Nach göttlichem Rat ist's geboten,
Schon als man ihm abschnitt die Nabelschnur,
Ward's ihm bestimmt.«

Auf des Mannes Wort
Wurde bleich sein Antlitz.

[Lücke von 9 Versen]

Voran geht Enkidu, und die Schamkat ihm nach,
Da er hineingekommen nach Uruk-Markt,
Scharte um ihn sich die Bürgerschaft;
Da er stehn bleibt auf der Straße von Uruk-Markt,
Sind geschart auch die Leute und sprechen von ihm:
»Er gleicht an Gestalt dem Gilgamesch,
Ist jedoch kleiner an Wuchs, aber *überaus stark.*
Vielleicht, wo er geboren wurde, aß er *die Kräuter* des Frühlings,
Saugte immer wieder ein die Milch des Getiers.
Dauernd fanden in Uruk Opfer statt,
Die Mannen reinigten sich,
Wie schwache Kindlein küssen sie seine Füße:
Hingestellt ist *eine Leier* für den Mann, dessen Gesicht
    gleichmütig ist;
Für Gilgamesch ist wie für einen Gott eine
    Opfergabe hingestellt..
Der Ischchara ist schon das Lager gerüstet,
Gilgamesch war mit der jungen Frau in der Nacht
    zusammengekommen.

[Ischchara ist eine Göttin, der Ischtar verwandt. Es ist hier von der
»heiligen Hochzeit« die Rede, die der Stadtfürst von Zeit zu Zeit
mit einer Priesterin oder einer noch unberührten Frau als Vertreterin der Göttin feierte, um dem Land die Fruchtbarkeit zu erhalten.]

Als er herankam, trat *ein Mann* hin auf der Straße,
Versperrte den Weg dem Gilgamesch,

[Lücke von 9 Versen]

Gilgamesch ...
Über ihm ... zürnt er ...
Er machte sich auf und *ging* auf ihn zu,
Sie stießen zusammen auf dem Markte des Landes.

Enkidu sperrte das Tor mit dem Fuß,
Dass Gilgamesch eintrat, gab er nicht zu.
Da packten sie sich, gingen in die Knie wie Stiere,
Zerschmetterten den Türpfosten, es erbebte die Wand! –
Gilgamesch und Enkidu –
Ja, sie packten sich, gingen in die Knie wie Stiere,
Zerschmetterten den Türpfosten, es erbebte die Wand! –
Als Gilgamesch ins Knie sank, am Boden den Fuß –
Da verrauchte sein Zorn, er wandte seine Brust.
Sobald er gewandt seine Brust,
Sprach Enkidu zu ihm, zu Gilgamesch:
»Wie so einzig gebar deine Mutter dich,
Des Geheges[4] Wildkuh, Rimat-Ninsun!

> [Für die jüngere Fassung des Epos war diese Frau die Mutter
> des Gilgamesch]

Erhöht ist über die Männer dein Haupt,
Dir bestimmte der Leute Königtum Enlil!
Die Fürsten der Welt übertragt *deine Kraft..*

> [Lücke von etwa 10 Versen]

Sie küssten einander und schlossen Freundschaft ...

> [Gegen Ende der folgenden Textlücke wurde vielleicht berichtet,
> dass Gilgamesch seiner Mutter Enkidu als Sohn zuführt, indem er
> von ihm spricht:]

»Der Stärkste im Land ist er, Kraft hat er!
Wie die *Feste* des Anu gewaltig ist seine Stärke!
Stand hält ihm *niemand! – Erweis du ihm Gnade!«*
Die Mutter des Gilgamesch sprach zu ihrem Sohn,
Rimat-Ninsun sprach zu Gilgamesch:
»Mein Sohn, ...
Bitterlich ...«

> [drei Verse fehlen]

[Es scheint, als habe Rimat-Ninsun ihr Befremden über das noch immer wunderliche Aussehen Enkidus zu erkennen gegeben. Die folgenden Verse aus der altbabylonischen und der jüngeren Fassung könnten Gilgameschs Antwort hierauf bieten:]

»Bitterlich klagt *er* ...
Nicht hat Enkidu *Vater und Mutter;*
Sein loses Haupthaar *wurde niemals geschnitten,*
In der Steppe ist er geboren, *so erzog ihn* niemand.«
Es stand Enkidu da, *er vernahm seine Rede,*
Seine Augen füllten mit Tränen sich,
Weh ward ihm zumute, ... mühte er sich ab;
Enkidus Augen füllten mit Tränen sich,
Weh ward ihm zumute, ... mühte er sich ab.
Sie faßten einander, zusammen *sich setzend,*
Die Hände *verschrankend* wie *Liebende* –
Gilgamesch neigte sein Antlitz herab –
Und sprach zu Enkidu:
»Mein Freund, warum sind gefüllt deine Augen mit Tränen,
Ward weh dir zumute, mühtest ... du dich ab?«
Enkidu tat den Mund auf und sprach zu Gilgamesch:
»Die Klagen, mein Freund, *machten meinen Nacken starr;*
meine Arme sind erschlafft, meine Kraft ward geschwächt.
Gilgamesch tat den Mund auf und sprach zu Enkidu:

[vier Verse fehlen]

»Im Wald wohnt der reckenhafte Chumbaba[16],
Ich und du, wir wollen ihn töten,
Aus dem Lande tilgen jegliches Böse!
Lass uns fällen den Zedernbaum!«

[drei Verse fehlen]

---

[16] *Chumbaba* (= Chuwawa): Der Vogel mit Ohren, von Gott Enlil eingesetzter Wächter des Zedernwaldes im Libanon

Enkidu tat den Mund auf und sprach zu Gilgamesch:.
»Ich erfuhr es, mein Freund, im Steppenland
Da umher ich streift' mit dem Wild:
Auf sechzig Doppelstunden[17] *liegt unberührt* der Wald*
Wer ist's, der hinab in sein Inneres steige?
Chumbaba – sein Brüllen ist Sintflut,
Ja, Feuer sein Rachen, sein Hauch der Tod!

> *Statt dessen folgt in der jüngeren Fassung hier:
> [Er hört auf 60 Doppelstunden das Rauschen seines Waldes.
> Wer wagte da, in seinenWald hinabzusteigen?]

Weswegen begehrtest du, solches zu tun?
Man besteht nicht im Kampf um Chumbabas Wohnsitz.«
Gilgamesch tat seinen Mund auf und sprach zu Enkidu:
»Des Waldes Berg will ich ersteigen.

> [ein Vers fehlt]

Zum *Wald* will ich ziehen, der Wohnstatt *Chumbabas,*
Eine Axt *und ein Schwert sollen mir Helfer sein!*
Du *bleibe nur hier,* ich werde *hinziehn.«*
Enkidu tat den Mund auf und sprach zu Gilgamesch:
»Wie sollen wir hinziehn ... zum Walde *der Zeder?*
Sein Wächter ist Wer *[oder »Werwer« eine Wettergottgestalt]* ...
Stark ist er und schlummert nimmer.
Chumbaba ..., Wer *ist mit ihm,* Adad[18] ...
Zu bewahren die Zeder hat Enlil ihn
Als Schrecknis bestimmt für die Leute!
Und wer hinab in den Wald steigt – Lähmung packt ihn!«
Gilgamesch tat den Mund auf und sprach zu Enkidu
»Wer, mein Freund, *könnte zum Himmel aufsteigen?*
Götter nur thronen ewig mit Schamasch;
Der Menschheit Tage aber, sie sind gezählt,

---

[17] *Doppelstunde*: Ein Wegmaß, entspricht rund 10,8 Kilometer

[18] *Adad*: Wettergott

Eitel Wind ist, was immer sie wirken mag!
Du hier aber scheuest den Tod!
Was ist's mit der Kraft deines Heldensinns?
So will ich denn ziehen, dir voran –
Dein Mund mag dann rufen: »Geh ran! Sei nicht bang!«
Fiele ich *selbst* – meinen Namen richtet' ich auf:
»Gilgamesch hat wider den reckenhaften Chumbaba den
Kampf gewagt«, wird es heißen.
Du wurdest geboren und wuchsest auf in der Steppe,
Ein Löwe sprang dich an, du weißt alles!

[fünf Verse fehlen]

Ich will Hand anlegen, die Zeder abhaun,
Einen Namen, der dauert – mir will ich ihn setzen!
Jetzt, mein Freund, will ich zum Waffenschmied
   mich aufmachen!
Beile soll man gießen vor uns.«
Sie *fassten sich an,* zu den Schmieden zu *eilen:*
Da saßen die Meister, pflogen Rats,
Beile, große, gossen sie,
Axte zu drei Talenten gossen sie; *[1 Talent = 60 Pfund]*
Schwerter, große, gossen sie – Die Klingen zu zwei Talenten,
Die *Knäufe* zu dreissig Pfund an den *Griffen,*
Sie brachten Schwerter zu dreissig Pfund, von Gold!
Gilgamesch und Enkidu waren jeder mit zehn Talenten gerüstet!
Die sieben Stadttore von Uruk verriegelte er.
Das Wort hörte sie, die Bürgerschaft *scharte sich,*
Man gab sich der Freude hin auf der Straße von Uruk-Markt.
Des Volkes Freude sah Gilgamesch auf der Straße
   von Uruk-Markt,
Da redete er, indes sich das Volk vor ihm setzte,
Gilgamesch redet' zum Volke von Uruk-Markt:
»Ich will ziehen zum reckenhaften Chumbabal
Den Gott, von dem man redet, will ich sehen!

Dessen Namen die Lande im Munde führen –
Den will ich ereilen im Zedernwald[19]!
Dass gar stark der Sproß von Uruk ist,
Will ich hören lassen das Land!
Ich will Hand anlegen, die Zeder abhaun,
Einen Namen, der dauert – mir will ich ihn setzen!«
Die Ältesten von Uruk-Markt sprachen hinwiederum
   zu Gilgamesch:
»Weil du jung bist, Gilgamesch, trägt dein Herz dich davon:
Du weißt nicht, was immer du tun sollst.
Wie wir hören, sieht Chumbaba gar unheimlich aus –
Wer ist es, der seinen Waffen begegnet?
Auf sechzig Doppelstunden *liegt unberührt* der Wald –
Wer ist's, der hinab in sein Inneres steige?
Chumbaba – sein Brüllen ist Sintflut,
Ja, Feuer sein Rachen, sein Hauch der Tod! –
Weswegen begehrtest du, solches zu tun?
Man besteht nicht im Kampf um Chumbabas Wohnsitz.«
Da Gilgamesch das Wort seiner Ratgeber angehört,
Heftet' er lächelnd den Blick auf seinen Freund:
»Jetzt, mein Freund, *sage* ich s
Mag ich ihn auch fürchten ...,

   [acht Verse fehlen]

»Dein Schutzgott möge dich bewahren,
Dich den Weg gesund vollenden lassen
Her zum Staden von Uruk-Markt.«
Da Gilgamesch hingekniet, *hob er die Hand empor:*
»Was sie gesprochen, *möge geschehen.*

---

[19] *Zedernwald*: Nach der altbabylonischen Fassung des Gilgamesch-Epos
lag der Zedernwald im Libanon. Die Wegstrecke von Uruk wäre 3 mal 50
Doppelstunden – das entspricht rund 1.600 Kilometer – gewesen, was
dem üblichen Weg über Syrien recht nahekommt.

Nun zieh ich, Schamasch! ...
Auch fürderhin mög' ich heil am Leben bleiben!
Heim lass mich kehren zum Walle *in Frieden!*
Breite du *über mich* deinen Schirm!«
Nun rief Gilgamesch seinen *Freund,*
Sein Vorzeichen *schaute er an mit ihm.*

[sechs Verse fehlen]

Aus Gilgameschs *Augen* rannen die Tränen:
... einen Weg, den ich nimmer befahren.
Auch kenne ich gar nicht seinen Wandel, o mein Gott!
Soll ich da heil *am Leben* bleiben,
So *will ich dir dienen* nach Herzenslust,
Will mich sättigen am Haus in deiner *Wonne*
Will dich *sitzen lassen* auf Thronen.«
Nun brachten die Knechte herbei sein Gewaff:
Große Schwerter, *Bogen* und Köcher waren es.
... händigten sie ein. Er nahm sich Beile,
Hing um seinen Köcher, *den Bogen* von Anschan,
An seinen Gürtel *legt' er* das Schwert.
Die Mannen gehn fürbass,
... bringen sie heran:»Gilgamesch,
Wann wirst du ihn zurückbringen können zur Stadt?«

[Das für die 2. Tafel sehr schlecht erhaltene jüngere Epos erzählt einiges etwas anders. Nach einem kürzlich gefundenen Tafelbruchstück antwortet Gilgamesch auf die Warnung der Ältesten, dass er (gegen Chumbaba) ziehen werde und dann nach der Rückkehr in Uruk das Neujahrsfest (des Frühjahrs) feiern wolle. Freudengesange sollen ertönen und »elluru« (»elluri«, »jilurt« oder »allari«, »alliri« ist als Ruf bei Festen auch in anderen Texten bezeugt) solle man immer wieder rufen. Darauf spricht Enkidu zu den Ältesten:»Sprecht zu ihm, dass er nicht ziehe zum Zedernwald! Den Weg dahin kann man nicht gehen!«]

[Danach Textlücke]

Dritte Tafel

Die Ältesten segneten ihn,
Für den Weg berieten sie Gilgamesch:
»Nicht solltest du, Gilgamesch, traun deiner Kraft!
Deine Augen seien erleuchtet, behüte dich selbst!
Der da kennt den Steg, behütet den Freund:
Es gehe Enkidu vor dir her,
Gesehn hat er den Weg, befahren die Straße,
Er kennt des Waldes Zugänge,
All die bösen Anschläge Chumbabas!
Schon früher hat er bewahrt den Gefährten;
Seine Augen sind erleuchtet, er wird dich beschützen!

Deinen Wunsch erlangen lasse dich Schamasch,
Lasse sehn dein Auge, was kundtat dein Mund!
Er tue dir auf den versperrten Pfad!
Die Straße erschließe er deinem Schritt,
Den Berg erschließe er deinem Fuß!
Die Nacht heut bringe dir, was dich erfreut,[1]
Lugalbanda steh' *zum Erfolge* dir bei!
Komm recht bald zu deinem *Erfolg!*
Im Flusse Chumbabas, zu dem du strebst,
Wasch dir die Füße!
Bei deiner Abendrast grab einen Brunnen,
Sei stets reines Wasser in deinem Schlauch!
Kühles Wasser bringe dem Schamasch dar!
Lugalbandas sollst du immer gedenken!
Enkidu möge den Freund behüten, den Gefährten bewahren,
    bis zu den *Gattinnen* bring' er seinen Leib!
In unsrer Versammlung übergeben wir dir [*Enkidu*]
    den König,
Du wirst heimführend den König uns übergeben!«

Enkidu tat den Mund auf und sprach zu Gilgamesch:
»Bis du den Weg zurückgelegt hast, reise unverdrossen!
Dein Herz sei furchtlos – schau nur auf mich!
Dahin, wo er aufschlug seine Wohnung,
Zum Weg, den Chumbaba zu wandeln pflegt,
Unsern Aufbruch befiehl – wende die Ältesten von hinnen!«
Gilgamesch tat den Mund auf und sprach zu den
   Ältesten von Uruk-Markt:
    [drei Verse fehlen]
... mögen mit mir ziehen!
Tun will ich, was ich euch *gesagt hab,*
Mögen freudig *folgen* die Mannen!«
Da sie diese seine Rede *vernahmen,*
Da flehten ihn an die Männer:
»Zieh hin, Gilgamesch, *glücklich* sei *dein Beginnen!*
Es gehe dein *Schutzgott zur Seite dir,*
Er lasse dich kommen zu deinem *Erfolg!«*
Gilgamesch tat zum Reden den Mund auf und sprach
   zu Enkidu:
»Komm, Freund, gehn wir zum Großpalast,
Vor Ninsun[20], die große Königin!
Ninsun, die kluge, alles *Wissens* kundig,
Sie erteilt unsern Füßen bedachtsamen Schritt.«
Da fassten einander sie, Hand in Hand,
Gilgamesch und Enkidu gingen zum Großpalast
Vor Ninsun, die große Königin.
Es erhob sich Gilgamesch und trat bei ihr ein:
»Ninsun, ich bin nun erstarkt ...
Einen fernen Pfad, wo Chumbaba *ist, zieh ich,*
Einen Kampf besteh ich, den ich nicht kenne,

---

[20] *Ninsun:* Göttin der Wildkuh, Tochter Enmerkars, des ersten Königs von
  Uruk, Mutter des Gilgamesch

Einen Weg befahr ich, den ich nicht kenne!
Über die Zeit, dass ich gehe und rückkehr,
Dass ich gelange zum Zedernwald,
Dass ich erschlage den Recken Chumbaba
Und jegliches Böse, das Schamasch verhasst ist, tilg aus dem Lande –
Fleh du zu Schamasch um meinetwillen.
Wenn ich ihn getötet, gefällt seine Zeder,
Mag *Friede im Lande* sein *oben und unten,*
Des Sieges Zeichen erricht ich vor dir.«
Die Rede ihres Sohnes Gilgamesch
Vernahm *bekümmert die Königin Ninsun.*

[vierzehn Verse fehlen]

Ninsun tritt in ihr Gemach ein,
Für ihren Leib nahm sie Laugenkraut.
Sie legt ein Gewand an, wie s ziemt ihrem Leib,
Ein Geschmeide auch, wie's ziemt ihrer Brust,
Sie hat angetan *Gürtel* und Königsmütze,
Sprengt Wasser aus Schalen auf Erde *und Staub.*
Die Stiege betrat sie, erklomm den Söller,
Erstieg *das Dach,* brachte Weihrauch dar vor Schamasch,
Sie vollzog das Opfer, vor Schamasch hob sie
    die Arme empor:
»Warum verliehst du zum Sohn mir Gilgamesch,
Erteiltest du ihm ein Herz ohne Ruh'?
Und nun hast du ihn angerührt, dass er hinzieht
Einen fernen Pfad, wo Chumbaba ist,
Er will einen Kampf bestehn, den er nicht kennt,
Einen Weg befahren, den er nicht kennt!
Über die Zeit, dass er geht und rückkehrt,
Dass er gelangt zum Zedernwald,
Dass er erschlägt den Recken Chumbaba,
Und jegliches Böse, das dir verhasst ist, tilg aus dem
Lande:

Am Tage, da du *auf Gilgameschs Weg schaust,*
Möge sie keine Scheu vor dir haben, Aja[21], die Braut,
   dich erinnern!
Auch den Wächtern der Nacht *befiehl* ihn *an,*
Den Sternen, und abends *dem Sin, deinem Vater.*«

   [Nach einer Lücke von etwa 92 Versen folgen die nachstehenden,
   vorläufig schwer verständlichen Worte:]

Rimat-Ninsun häufte den Weihrauch und sprach
   die Beschwörung.
Enkidu rief sie, Bescheid zu erteilen:
»Enkidu, starker, nicht meinem Schoß entsprossest du!
Jetzt sprach ich zu dir mit den Tempeloblaten[22] des Gilgamesch,
Den Gottesbräuten, Geweihten, *Tempeldienerinnen*[23]!
»*Ein Kleinod* legte sie um Enkidus Hals,
Die Gottesbräute nahmen ..,
Und die Gottestöchter *wollten ihn* aufer*ziehn.*

   [84 Verse fehlen]

Zweite Rede der Ältesten an Enkidu:
»Enkidu möge den Freund behüten, den
   Gefährten bewahren,
Bis zu den *Gattinnen* bring' er seinen Leib!
In unsrer Versammlung übergeben wir den König,
Du wirst heimführend den König uns übergeben!«

   [Der Rest der Tafel ist zerstört; die fehlenden 20 bis 30 Verse
   müssen den Aufbruch der beiden Freunde zum Zedernberg
   geschildert haben.]

---

[21] *Aja:* Gemahlin des obersten Sonnengottes Anu

[22] *Tempeloblaten:* Tempeldiener(innen), die von ihren Eltern der Gottheit
geweiht und ›geschenkt‹ wurden

[23] *Tempeldienerinnen:* Klasse babylonischer Priesterinnen: Gottesbräute (ver-
treten beim Kult der ›heiligen Hochzeit‹ eine Göttin), auch als ›Geweihte‹
oder ›Gottestöchter‹ bezeichnet

Vierte Tafel

Nach zwanzig Doppelstunden nahmen sie einen Imbiss ein,
Nach dreissig Doppelstunden schickten sie sich
   zur Abendrast,
Fünfzig Doppelstunden zogen sie den ganzen Tag,
Eine Strecke von einem Monat und fünfzehn Tagen.
Am dritten Tage näherten sie sich *dem Libanon.*

Im Blick auf die (sinkende) Sonne gruben sie einen Brunnen.
[um dem Sonnengott Wasser zu spenden]

> [In die nun folgende Textlücke oder eine der folgenden Textlücken
> könnte der Traum Gilgameschs gehören, den die altbabylonische
> Fassung wie folgt erzählt:]

»Steig hinauf auf den *Felsen* des Berges, schau an ... !
Des Schlafes der Götter bin ich beraubt!
Mein Freund, ich sah einen Traum:
Wie ist er *schlecht,* wie ... wie wirr!
Ich *packte eben* Wildstiere der Steppe;
Bei seinem Rufen ... den Erdboden seine Staubwolke
   beim Weichen des Regens.
Bei seinem Anblick verging ich schier.
Es packt ... , die meinen Arm umfasst.
Die Zunge zog mir heraus
Meine Schläfe *schwoll mir an ...*
Mit Wasser aus seinem Schlauch tränkte er mich.«

»Der Gott, mein Freund, zu dem wir hinziehen,
Ist nicht der Wildstier! Fremdartig ist alles an ihm!
Der Wildstier, den du sahst, ist Schamasch, der Beschützer!
In der Not wird er unsere Hand ergreifen.
Der mit Wasser aus seinem Schlauch dich tränkte,
Ist dein Gott, der dir Ehre erweist, ist Lugalbanda!
Wir wollen uns zusammentun und das eine verrichten,
Ein Werk, das nicht zuschanden wird im Tode.«

[vier Verse fehlen]

»Den zweiten Traum, den ich sah, *will ich dir erzählen:*
In *tiefen* Gebirgsgründen *standen wir,*
Da stürzte der Berg, ...
Wir waren *vor ihm* wie *Röhrichtfliegen* ... «
Der in der Steppe geboren ward und ... ,
Zu seinem Freunde sprach er, *den Traum zu deuten:*
»Mein Freund, schön ist dein Traum,
Der Traum ist überaus kostbar, ...
Freund, der Berg, den du sahst, ist Chumbaba!
Wir werden Chumbaba packen, ihn *töten,*
Und hinaus ins Gefild' seinen Leichnam werfen,
Und am Morgen ... «
Nach zwanzig Doppelstunden nahmen sie einen Imbiss ein,
Nach dreissig Doppelstunden schickten sie sich
    zur Abendrast.
Im Blick auf die (sinkende) Sonne gruben sie einen Brunnen.

Es stieg Gilgamesch auf einen Berg, Brachte ein Mehlopfer
    dar für ... *und sprach:*
»Berg, bring mir einen Traum, eine gute Botschaft!«
Es bereitete ihm Enkidu für *die Nacht das Lager.*

> [In der folgenden großen Textlücke wurden zwei weitere Träume
> Gilgameschs mit ihrer Deutung durch Enkidu erzählt.]

Nach zwanzig Doppelstunden nahmen sie einen Imbiss ein,
Nach dreissig Doppelstunden schickten sie sich
    zur Abendrast.
Im Blick auf die (sinkende) Sonne gruben sie einen Brunnen.
Es stieg Gilgamesch auf einen Berg,
Brachte ein Mehlopfer dar für . .. *und sprach:*
»Berg, bring mir einen Traum, eine gute Botschaft!«
Es bereitete ihm Enkidu für die Nacht *das Lager,*
Ein Regensturm zog vorüber, da befestigt' er ein Dach.

Er ließ ihn sich legen, und an einem Ring ...

Sie ... ten wie Korn des Gebirges ...

Während Gilgamesch dasitzt, das Kinn an sein Bein gelegt,

Befiel ihn der Schlaf, der auf die Menschen herab quillt,

   In der mittleren Wache brach er den Schlaf ab,

Fuhr empor und sagte zum Freunde:

»Freund, riefst du mich etwa? Warum denn bin ich erwacht?

Stießest du mich etwa an? Warum denn bin ich entsetzt?

Ging etwa ein Gott hier vorbei? Warum denn schaudert's

   mich an den Gliedern?

Freund, ich sah einen dritten Traum,

Und der Traum, den ich sah, war ganz entsetzlich:

Auf schrieen die Himmel, das Erdreich dröhnte – !

Der Tag erstarrte, die Finsternis kam heraus,

Auf blitzte ein Blitz, es entlodert' ein Feuer,

wurden immer dichter, es regnete Tod.

Dann wurde rot das weiß glühende Feuer und verlosch;

Alles aber, was da herabfiel, ward zu Asche.

Komm hinab, im Gefild' können Rats wir pflegen.«

Da Enkidu seinen Traum, den er ihm vorgebracht, hörte,

Sprach er zu Gilgamesch:

> [Die nun folgende Textlücke von 30 bis 40 Versen enthielt die Deutung dieses Traumes. Danach wurde ein weiterer Traum erzählt, von dessen Deutung nur Reste erhalten sind. Enkidu deutet auch diesen Traum auf den Sieg über Chumbaba, dessen Name zweimal genannt zu sein scheint.]

»Sein ..., wir werden stehen auf ...

... das gute Wort des Schamasch ...«

Nach zwanzig Doppelstunden nahmen sie einen Imbiss ein,

Nach dreissig Doppelstunden schickten sie sich

   zur Abendrast.

Fünfzig Doppelstunden zogen sie den ganzen Tag.

Im Blick auf die (sinkende) Sonne gruben sie einen Brunnen.

> [ein Vers fehlt]

Es stieg Gilgamesch auf einen Berg,
Brachte ein Mehlopfer dar für ... und sprach:
»Berg, bring mir einen Traum, eine gute Botschaft!«
Es bereitete ihm Enkidu für die Nacht *das Lager.*
Ein Regensturm zog vorüber, da befestigt' er ein Dach.
Er ließ ihn sich legen, und an einem Ring ...

> [Es folgt wieder eine große Textlücke von 50 bis 60 Versen. In ihr
> wurden vermutlich zunächst wieder zwei Träume Gilgameschs mit
> ihrer Deutung durch Enkidu erzählt. Vermutlich war die Deutung
> nicht so positiv wie die für die früheren Träume gegebene; denn
> Enkidu selbst wollte, wie es scheint, vor Erreichung des Zieles
> umkehren, als er des riesigen Zedernwaldwächters ansichtig wurde.
> Nach der Lücke spricht wohl Gilgamesch:]

»Was du in Uruk gesagt hast und ... ,
Bedenke, tritt herzu und ... !«
Des Gilgamesch, der in Uruk-Gart geboren ward,
Bittworte hörte Schamasch.
Plötzlich ruft er ihm zu ein Alarmsignal aus dem Himmel:
»Tritt eilends hinzu, dass *der Wächter* nicht hineingehe
   in *den Wald,*
Nicht hinabsteige in den Forst, nicht *sich verberge!*
Hat er doch noch nicht angelegt seine sieben Panzermäntel;
Einen nur hat er an, abgelegt jedoch die sechs!«
Sie nun *machten daraufhin sich bereit*
   einem trotzigen Wildstier gleich aufeinander zu stoßen ...
Da mit einem Mal schrie Enkidu und ward des
   Schreckens voll,
Denn es schreit der Wächter der Wälder,
Chumbaba wie ...

> [Kurze Lücke. Wohl durch den Schrei des Wächters des Waldes
> geriet Enkidu erneut in Angst, so dass Gilgamesch ihm mit dem
> Hinweis auf das, was zwei zusammen leisten können, Mut
> zusprechen muss:]

»Eine schlüpfrige Wegstelle *gefährdet nicht zwei, die
einander helfen;*
Zwei dreifache ...
Ein dreifach geflochtenes Seil wird nicht ...
Des gewaltigen Löwen zwei Junge *können ihn fortstoßen.*

[Etwa 10 bis 15 Verse fehlen. Enkidu ließ sich von Gilgamesch
überreden, nicht umzukehren. Den schlecht erhaltenen Schluss der
Tafel darf man vielleicht so herstellen:]

Enkidu tat zum Reden den Mund auf und sprach
zu Gilgamesch:
»Sobald wir hinabgestiegen sein werden in den Zedernwald.
Wollen wir den Baum spalten und abreissen sein *Astwerk!*«
Gilgamesch tat zum Reden den Mund auf und sprach
zu Enkidu:
»Warum, mein Freund, haben wir bisher so kümmerlich ... ?
Gemeinsam kamen wir hinweg über all *die Gebirge.*

[ein Vers fehlt]

Mein Freund, der du mit dem Kampf so vertraut bist,
Der die Schlacht ...
... *schlugst du so oft,* daher fürchtest du nicht *den Tod.*
... wie ein *Buhlknabe ...*
Wie eine Kesselpauke ertöne laut *deine Stimme!*
Es gehe fort der lähmende Schmerz aus deinen Armen
Und es hebe sich weg die Entzündung in deinen Knien!
fass an, mein Freund, dass vereint wir weiterziehen,
Dein Herz soll den Kampf fordern,
Vergiss den Tod, erlahme nicht!

Der an der Seite wacht, der umsichtige Mann,
Der vorangeht, hat sich selbst geschützt, er bewahre nun
auch den Gefährten,
Sobald durch ihren Kampf sie sich einen Namen
gemacht haben!«
Zum allzeit grünenden Wald gelangten die beiden;
Sie unterbrachen ihr Reden und standen still.

Fünfte Tafel

[Ninive-Fassung]

Still standen sie *am Rande* des Waldes,
Staunen immer wieder an die Höhe der Zedern,
Staunen zugleich an den Eingang des Waldes.
Wo Chumbaba zu gehen pflegte, war eine Fußspur,
Die Wege sind gerichtet, schön gemacht ist die Bahn.
Sie sehen den Zedernberg, die Wohnstatt der Götter,
   Irninis Weihesitz.
Angesichts dieses Berges trägt die Zeder ihre Fülle,
Ist ihr Schatten so wonnig, reich an Erquickung.
Ineinander verschlungen war das Dornbuschwerk,
   verfilzt das Gehölz.
... die Zeder, der Styraxbaum ...
Von einem Graben, eine Meile lang, *war umschlossen der Wald,*

   [mind. 35 Verse fehlen]

Plötzlich die Schwerter ...
Und nachdem die Scheiden abgezogen waren ...
Die Äxte waren bestrichen mit Gift ...
Kurze und lange Schwerter ...

   [2 Verse fehlen]

Chumbaba ...
Er *kommt aber* nicht ...

   [9 Verse fehlen]

Enkidu tat seinen Mund auf und sprach zu Gilgamesch:
»... Chumbaba ...
... einzeln ...

   [Ein Vers fehlt]

Eine schlüpfrige Wegstelle *gefährdet nicht zwei, die einander helfen;*
Zwei dreifache ...
Ein dreifach geflochtenes Seil *wird nicht* ...

Des gewaltigen Löwen zwei Junge *können ihn fortstoßen.*

[Spätbabylonische Uruk-Fassung:]

[Die Freunde sind nun in den Wald eingedrungen und stehen zum
ersten Mal Chumbaba gegenüber.]

Chumbaba tat seinen Mund auf zu reden und sprach
    zu Gilgamesch:
»Beraten sollen sich da doch, Gilgamesch, der Tölpel
    (und) der Dummkopf: Warum lieft ihr bis zu mir?
Gib den Rat doch, Enkidu, du Fischsohn, der seinen
    Vater nicht kennt,
Den Schildkröten, klein groß, die nicht einsaugen konnten
    die Milch ihrer Mutter!
Schon, als du noch klein warst, blickte ich dich an, trat
    aber nicht heran an dich;
... in meinem Inneren.
... den Gilgamesch du gelangen ließest bis vor mich.
Bevor du ... *mit* einem Feind, einem Fremden hintratest,
Hätte ich ..., Gilgamesch, Kehle und Nacken,
Hätte dein Fleisch fressen lassen sollen den Schlangenvogel,
    den Adler und Geier!«
Gilgamesch tat seinen Mund auf zu reden und sprach
    zu Enkidu:
»Mein Freund, Chumbabas Gesicht änderte jetzt
    sein Aussehen,
Er reckte hoch seine Gestalt; wie sollen wir da
    zu ihm gelangen?

[2 Verse fehlen]

Enkidu tat seinen Mund auf zu reden und sprach
    zu Gilgamesch:
Warum, mein Freund, klagst du so gar kümmerlich,
Wurde ganz schlaff dein Mund und verstecktest du dich?
Jetzt aber, mein Freund, *ist eines* ... :
In der Gussrinne des Schmiedes *Kupfer* ...

Die Aschenglut über eine Meile hin anfachen, das
  Angefachte über eine Meile hin!
Den Flutsturm zu schicken, die Peitsche fest anfassen!
Zieh nicht weg deine Füße, wende dich nicht rückwärts!
... mach stark deinen Schlag!«

  [20–25 Verse fehlen]

... sie seien vertrieben!
... den fernen.
Er schlug den Kopf, ... trat ihm gegenüber hin.
Mit ihren Fußsohlen stampfen sie auf der Erde,
Durch ihr Herumspringen bersten Sirara und Libanon.
Da wurde schwarz das weiß' Gewölk,
Der Tod regnet wie Nebel auf sie herab.
Schamasch erweckte gegen Chumbaba große Sturmwinde,
Den Süd(ost)wind, den Nord(west)wind, den (Nord-) Ostwind,
  den (Süd-) Westwind, den *Böenwind,*
Den Sturm, den Wildsturm, den bösen Wind, den
  Simurru-Wind,
Den Asakku-Dämon, den Schüttelfrost, den Sturmwind,
  den Sandsturm:
Dreizehn Winde erhoben sich gegen ihn und
  verfinsterten Chumbabas Gesicht.
Er kann nicht nach vorn stoßen, er kann nicht nach
  hinten laufen.
Auch konnten die Waffen des Gilgamesch den
  Chumbaba erreichen.
Chumbaba sucht sein Leben (zu retten) und
  spricht zu Gilgamesch:
»Klein noch warst du, deine Mutter hatte dich geboren,
Und du bist doch der Sprössling des ...,
Auf den Befehl des Schamasch, des Herrn des Gebirges,
  erhobst du dich,
Du, der aus Uruk Entsprossene, der König Gilgamesch!

[3 Verse fehlen]

Ich will mich für dich hinsetzen, in ...
Bäume, so viele du mir sagen wirst ...
Ich will für dich bewahren den Myrtenbaum ...
Die Hölzer für die würdige Ausstattung *deines Palastes!*«
Enkidu tat seinen Mund auf zu reden und
  sprach zu Gilgamesch:
mein Freund, hör nicht auf das, was Chumbaba dir sagt!

[20 Verse fehlen]

»Du weißt Bescheid mit meinem Wald, dem Bescheid ...
Auch kennst du die Anordnungen alle!
Ich hätte dich hochheben sollen, dich töten am Eingang
  zum Gezweig meines Waldes;
Hätte dein Fleisch fressen lassen sollen den Schlangenvogel,
  den Adler und Geier!
Jetzt nun, Enkidu, liegt bei dir das Freigeben!
Sprich zu Gilgamesch, dass er das Leben schone!«
Enkidu tat seinen Mund auf zu reden und
  sprach zu Gilgamesch:
»Mein Freund, Chumbaba ist der Wächter des Zedernwaldes.
Zermalme ihn, töte ihn, zermahle ihn und ...!
Chumbaba, den Wächter des Waldes, zermalme ihn,
  töte ihn, zermahle ihn und ...!
Bevor es hört der Allererste (der Götter), Enlil ...,
Werden des Zornes gegen uns voll werden die Götter ...!
Enlil in Nippur, Schamasch in Sippar ...
Errichte einen dauernden ...,
Dass Gilgamesch den Chumbaba erschlug ... !«
Als Chumbaba das hörte, ...

[60 Verse fehlen]

»Auch wurden veranlasst Anschwärzungen ...
Du sitzest da wie ein Hirt ...
Und wie ein Mietling seines Mundes ...

Jetzt nun, Enkidu, liegt bei dir das *Freigeben!*
Sprich zu Gilgamesch, dass er das Leben *schone!*«
Enkidu tat seinen Mund auf zum Reden und
    sprach zu Gilgamesch:
Mein Freund, Chumbaba ist der Wächter des Zedernwaldes;
    töte ihn und dann ..!
Bevor es hört der Allererste (der Götter), Enlil...,
Werden des Zornes gegen uns voll werden die Götter
Enlil in Nippur, Schamasch in Sippar ...
Dass Gilgamesch den Chumbaba erschlug ...!«
Als Chumbaba das hörte, ...

[25-30 Verse fehlen, in denen Chumbaba die beiden Freunde
    zu verfluchen beginnt]

»Nicht soll ...!
Nicht gewähre er ein hohes Alter den beiden.
Über seinen Freund Gilgamesch hinaus soll Enkidu
    kein »Ufer« finden!«
Enkidu tat seinen Mund auf zu reden und sprach
    zu Gilgamesch:
»Mein Freund, ich rede zu dir, aber du hörst nicht auf mich!

[4 Verse fehlen]

... das Innere bis zur Lunge rissen sie heraus
... springt er.
lässt er *plätschern den Kessel.*
... der Fülle fiel auf den Berg
... der Fülle fiel auf den Berg.

[30 Verse fehlen]

... die Zeder fällten sie
... »Schlag« ihres Abfallholzes.
Gilgamesch fällt die Bäume, Enkidu durchsucht
    das Wurzelwerk.
Enkidu tat zum Reden den Mund auf und sprach
    zu Gilgamesch:

»Mein Freund, gefällt haben wir nun die hochragende Zeder,
Deren Wipfel den Himmel durchstieß!
Zimmere daraus eine Tür, deren Höhe sechs
    Doppelruten beträgt, der Breite zwei Doppelruten,
Deren Dicke eine Elle; ihre Türstange, ihre untere und
    obere Türangel werden aus einem Stück (gefertigt).
Nach Nippur bringe man sie, der Euphrat *trage sie
hinab*, Nippur *freue sich ihrer!*

    [1 Vers fehlt]

Sie fügten zusammen ein Floß ... Enkidu fährt darauf ...
Gilgamesch aber trägt das Haupt des Chumbaba ...

    [Altbabylonische Fassung, soweit verständlich:]

Enkidu sprach zu ihm, zu Gilgamesch:
»Erschlage den Chumbaba, ... deinen Göttern!

    [1 Vers fehlt]

... wirst du Vergeltung an ihm üben!«
Gilgamesch sprach zu ihm, zu Enkidu:
Jetzt werden wir ... *veranstalten,*
Dann werden die Lichtglanzstrahlen im Dickicht verschwinden;
Lichtglanzstrahlen werden verschwinden und
    der Strahlenglanz tritt ein in ...«
Enkidu sprach zu ihm, zu Gilgamesch:
Mein Freund, fang den Vogel (zuerst)! Wohin sollen
    dann seine Küchlein gehen?
Die Lichtglanzstrahlen wollen wir hernach suchen,
Sie werden wie die Küchlein im Gras herumlaufen!
Ihn schlage erneut, dann erschlage seinen *Diener mit* ihm!«
Es hörte Gilgamesch das Wort seines Gesellen,
Nahm die Axt in seine Hand,
Zog das Schwert aus seinem Gürtel.
Gilgamesch schlug ihn am Hals,
Sein Freund Enkidu *packte ihn* ...
Beim *dritten Schlag* fiel er.

Seine *verwirrten* ... sind totenstill,
Als den Wächter Chumbaba er zu Boden geschlagen hatte.
Auf zwei Doppelstunden ...
Mit ihm hatte *Enkidu* erschlagen ...

[1 Vers fehlt]

Erschlagen hatte er den Schurken des Waldes;
Vor dessen Gebrüll gebebt hatten Saria und Libanon.
In Furcht gerieten ... die Berge,
... erzitterten alle Gebirge.
Er erschlug den Schurken des Zedernwaldes;
Die *zerschlagenen* ... sie und erschlugen sieben.
Das Kampfnetz ..., das Schwert von acht Talenten,
Die Last von zehn Talenten nahm er ... den Wald.
Die verborgene Wohnung der Anunnaku öffnete er.
Gilgamesch fällt die Bäume, Enkidu durchgräbt
    das Wurzelwerk.
Enkidu sprach zu ihm, zu Gilgamesch:
... Gilgamesch, erschlage die Zeder!

[Der Rest dieser Tafel ist fast ganz zerstört.
Die nächste Tafel fährt fort:]

Mit deiner Kraft allein hast du den Wächter erschlagen.
Was ist es mit deinen Gürtelklammern ...?
Leg hin die hochragende Zeder, die dir nun gehört,
    deren Wipfel den Himmel *erreichte!*
Ich will eine Tür zimmern von einer Rute Breite.
Ich suche eine Türangel, am Gewände »gehe« sie!
Eine Elle soll sie dick sein, *eindrittel* Rute ihre Breite.
Nicht nähere sich ihr ein Fremder, der Gott
    soll hindurch schreiten!
Zum Tempel des Enlil bringe sie der Euphrat!
Es freue sich über dich Enlil, ...!
jauchze über sie Enlil!

[Der Rest dieser Tafel ist zerstört.]

Sechste Tafel

Seinen Schmutz wusch er ab, reinigte sein Wehrgehäng,
Seinen Haarschopf schüttelt' er sich in den Rücken,
Warf die unreinen Kleider ab, zog sich saubre an,
Mit dem *Mantel* umhüllt' er sich, hat den Gürtel um.
Wie Gilgamesch die Königsmütze sich aufgesetzt,
Erhob zu Gilgameschs Schönheit Ihre Augen die
    fürstliche Ischtar:
»Komm, Gilgamesch! Du sollst mein Gatte sein!
Schenk, o schenke mir deine Fülle!
Du sollst mein Mann sein, ich will dein Weib sein!
Ich will dir bespannen lassen einen Wagen von Gold
    und Lasurstein,
    Mit goldenen Rädern und Hörnern von *»Mondstein«!*
Mit *Stürmen,* mit großen Mauleseln soll er bespannt sein!
Unter Zederndüften betritt unser Haus!
Dir sollen beim Eintritt in unser Haus
Türpfosten und Thronsessel die Füße küssen!
Vor dir sollen knien Könige, Vornehme und Fürsten,
Die Lullubäer' des Gebirgs und das Land sollen dir
    Abgaben bringen!
Die Ziegen sollen dir Drillinge werfen, die Schafe Zwillinge!
Dein lastbarer Esel hole das Maultier ein!
Dein Roß vorm Wagen, der feurigste Renner sei's!
Dein *Rind* im Joch habe keins, das ihm gleichkommt!«
Gilgamesch tat seinen Mund zum Reden auf
Und sprach zur fürstlichen Ischtar:
»Was muss ich dir geben, wenn ich dich nehme?
Brauchst du Salbe für den Leib, oder brauchst du Gewänder?
Fehlt es dir etwa an Brot oder Nahrung?
Freilich habe ich götterwürdige Speise,
Habe manchen Trank, der dem Königtum ansteht!

[1 Vers fehlt]

Doch wozu? An der Straße, da sei dein Sitz,

... mit einem Mantel *magst du* bekleidet sein,

Dann wird dich nehmen, *wer immer Lust hat!*

Ein Ofen bist du, der das Eis nicht ...

Eine unfertige Türe, die Wind und Blast nicht abhält!

Ein Palast, der niederschmettert den Helden,

Ein Elefant, der da *abreisst* seine Decke!

Erdpech, das seinen Träger *besudelt,*

Ein Schlauch, der seinen Träger *durchnässt!*

Ein Kalkstein, der die steinerne Mauer *sprengt,*

Ein *Jaspis,* der das feindliche Land *herbeilockt!*

Ein Schuh, der seinen Besitzer kneift!

Welchen deiner Buhlen *behältst du* für allezeit *lieb?*

Welche deiner Racken, die ... *hinaufgekommen wäre?*

Wohlan, deine Liebsten will ich dir *nennen!*

[1 Vers fehlt]

Dumuzi, deinem Jugendgeliebten –

Ihm hast Jahr für Jahr du zu weinen bestimmt.

Da du die bunte Racke liebtest,

Hast du sie geschlagen, ihr den Flügel zerbrochen,

In den Wäldern weilt sie nun, »Kappi« *[= mein Flügel]* rufend!

Da den Leu du liebtest, den kraftvollkommenen,

Grubst du ihm Gruben, sieben und abermals sieben.

Da du liebtest das schlachtenfromme Ross,

Hast ihm Peitsche du, Stachel und Peitschenschnur bestimmt,

Sieben Doppelstunden zu rennen bestimmt,

Aufgewühltes zu saufen bestimmt,

Seiner Mutter Silili zu weinen bestimmt!

Da du den Hirten, *den Hüter* liebtest,

Der ständig dir Aschenkuchen geschichtet,

Täglich dir Zicklein geschlachtet hatte,

Hast du ihn geschlagen, in einen Wolf verwandelt:

Die eigenen Hirtenknaben verjagen ihn nun,
Und seine Hunde beissen ihn in die Schenkel.
Da du liebtest Ischullânu, deines Vaters Palmgärtner,
Der ständig dir Körbe voll Datteln brachte,
Täglich prangen ließ deinen Tisch –
Erhobst du zu ihm die Augen, gingst hin zu ihm:
‚Mein Ischullânu, ach, genießen wir deine Kraft!
Und deine Hand sei ausgestreckt, fass an unsere Blöße!‹
Ischullânu redete zu dir:
»Was verlangst du eigentlich da von mir?
Buk nicht meine Mutter? Hab ich nicht gegessen?
Dass ich nun essen müsste mein Brot unter *Beschimpfungen*
    und *Flüchen,*
Dass Halfagras nur meine Bedeckung wäre gegen die Kälte?«
Da du nun diese seine Rede hörtest,
Hast du ihn geschlagen, in einen *Verkümmerten* verwandelt,
Auch ließest du ihn wohnen inmitten von Mühsal.
Nicht sind oben ..., nicht liegt unten sein Schöpfeimer
Und liebst du mich, so machst du mich jenen gleich!«

Ischtar – kaum dass sie dieses hörte,
War sie, Ischtar, sehr zornig, stieg empor zum Himmel,
Es ging Ischtar hin, weint vor Anu, ihrem Vater.
Vor Antum, ihrer Mutter, fließen ihre Tränen:
»Mein Vater! Gilgamesch hat mich sehr beschimpft!
Beschimpfungen gegen mich reihte er aneinander,
Beschimpfungen und *Flüche* gegen mich!«
Anu tat zum Reden den Mund auf
Und sprach zur fürstlichen Ischtar:
»Wohl reiztest du selber den *König von Uruk,*
Darum reihte Gilgamesch *Beschimpfungen* gegen dich aneinander,
Beschimpfungen und *Flüche* gegen dich!«
Ischtar tat zum Reden den Mund auf
Und sprach zu Anu, ihrem Vater:

»Mein Vater! Schaff mir den Himmelsstier[24],
Dass er Gilgamesch töte in seinem Hause!
Schaffst du mir aber den Himmelsstier nicht,
So zerschlag ich die Türen der Unterwelt,
Zerschmeiß ich die Pfosten, lass die Tore weit offen stehn,
Lass ich auferstehn die Toten, dass sie fressen die Lebenden,
Der Toten werden mehr sein denn der Lebendigen!«
Anu tat zum Reden den Mund auf
Und sprach zur fürstlichen Ischtar:
»Wenn du den Himmelsstier von mir verlangst,
Wird es für Uruk sieben Spreujahre *geben.*
Dann muss ich *für die Menschen Korn* sammeln,
Wachsen lassen viel Gras *für das Vieh!«*
Ischtar tat zum Reden den Mund auf
Und sprach zu Anu, ihrem Vater:
»Vater, ich häufte *Korn für die Menschen auf,*
Gras für das Vieh hab ich *auch* beschafft!
Dass sie satt in den sieben Spreujahren *werden,*
Hab für die Menschen ich Korn gesammelt,
Wachsen lassen viel Gras *für das Vieh.«*
Als nun Anu der Ischtar Rede hörte,
Legte er des Himmelsstiers Leitseil in ihre Hand.
Hinab zur Erde führt' ihn jetzt Ischtar.
Als nun der Himmelsstier nach Uruk gelangte,

[1 Vers fehlt]

Stieg er hinunter zum *Euphratfluss,*
Durch das Schnauben des Himmelsstiers wurde eine
Grube geöffnet:

---

[24] *Himmelsstier.* Aus dem hinduistischen Raum kommend breitete sich der
Stierkult in der Antike im gesamten Mittelmeerraum aus. Der ›heilige, stößige Himmelsstier‹ wird im Gilgamesch-Epos und in der Enlil-Sage, auf
sumerischen Tontafeln mehrfach erwähnt. Der Name der Städte Ur und
Uruk in Mesopotamien bezieht sich unmittelbar auf den Stier (Ur = Auer).

Einhundert Männer von Uruk fielen in sie hinein.
Durch sein zweites Schnauben wurde eine Grube geöffnet:
Zweihundert Männer von Uruk fielen in sie hinein.
Durch sein drittes Schnauben wurde eine Grube geöffnet,
Und nun fiel Enkidu bis zu seiner Hüfte in sie hinein.
Herauf aus ihr sprang Enkidu, packte am Horn
   den Himmelsstier.
Der Himmelsstier warf nach vorn den Geifer aus,
Mit des Schweifes Dicke schleuderte er seinen *Mist.*
Enkidu tat zum Reden den Mund auf
Und sprach zu Gilgamesch:
»Wir rühmten uns, Freund, ...
Wie sollen wir antworten ...?
Ich sah, mein Freund, ...

   [1 Vers fehlt]

Ich will ausreissen ...
Ich und du, wir müssen uns teilen:
Packen will ich den Stier am Schweif

   [2 Verse fehlen]

Zwischen Nacken, Hörnern und ... *soll ihn treffen dein Schwert.*«
Es jagte Enkidu, *zu greifen* den Himmelsstier,
Da packte er ihn am Schweife *fest,*
Enkidu hält ihn mit beiden Händen,
Und Gilgamesch, wie ein *kundiger Schlachter,*
Stark *und sicher trifft er den Himmelsstier,*
Zwischen Nacken, Hörnern und ... mit seinem Schwert ...
Da sie getötet den Himmelsstier, sein Inneres ausgeweidet,
Legten sie vor Schamasch ihn nieder.
Sie traten zurück, voll Ehrfurcht vor Schamasch sich beugend;
Dann setzten sich beide Brüder. –
Auf stieg Ischtar auf Uruk-Garts Mauer,
Sie sprang auf ..., stieß ein Wehgeschrei aus:
»Weh über Gilgamesch, der mich beschmäht hat!

Den Himmelsstier erschlug er!«
Da Enkidu diese Rede der Ischtar hörte,
Riss er des Himmelsstiers Keule aus und warf sie ihr hin:
»Kriegte ich dich, auch dir tät' ich wie diesem!
Sein Geweide hängt' ich an deinen Arm!«
Es scharte Ischtar die Dirnen um sich,
Die Huren und Priesterinnen:~
Über der Keule des Himmelsstiers hebt sie ein Klagen an.
Aber Gilgamesch rief die Meister, alle die Waffenschmiede,
Es rühmten die Meisterssöhne der Hörner Umfang.
Aus dreissig Pfund Lasurrstein sind sie *gebildet,*
Zwei Zoll beträgt ihrer Schalen Dicke. –
Sechs Kor *[= 1.500 Liter]* Öl, den Inhalt der beiden,
Schenkt' er als Salbe seinem Schutzgott Lugalbanda;
Er hängte sie hinein ins Schlafgemach des Hausherren.
Im Euphrat wuschen sie sich die Hände,
Sie fassten einander und zogen dahin,
Fahrend auf der Straße von Uruk.
Sie zu schauen, scharen sich Uruks Leute.
Gilgamesch spricht zu den Dienerinnen seines Palastes
    die Worte:
»Wer ist der herrlichste unter den Mannen?
Wer ist der gewaltigste unter den Helden?
Gilgamesch ist der herrlichste unter den Mannen!
Gilgamesch ist der gewaltigste unter den Helden!
Sie, der wir *des Himmelsstiers Keule* hinwarfen in
    unserem Grimm,
Ischtar ... hat auf der Straße niemand, der *ihr Herz* erfreut..!«
Gilgamesch hat in seinem Palast ein Freudenfest gefeiert –
Nun schlafen die Mannen, auf dem Nachtlager ruhend;
Auch Enkidu schläft und sieht einen Traum.
Da fuhr Enkidu auf, erzählt den Traum,
Und spricht zu seinem Freunde:

    [siehe folgende Tafel]

Siebte Tafel

»Mein Freund, weshalb nur ratschlagen die großen Götter?

[Teil aus der hethitischen Fassung]

Vernimm, welch einen Traum heute nacht ich gesehen:
Anu, Enlil, Ea und der himmlische Schamasch
Hielten Rat; zu Enlil sprach Anu:
»Dafür, dass sie getötet den Himmelsstier,
Auch den Chumbaba getötet haben,
Soll«, sprach Anu, »von ihnen sterben
Der, der den Bergen die Zeder entrissen!«
Enlil aber sprach: »Enkidu soll sterben,
Gilgamesch aber soll nicht sterben.«
Nun widersprach der himmlische Schamasch dem
    Helden Enlil:
»Haben sie nicht auf *mein* Geheiss
Den Himmelsstier und Chumbaba getötet?
Und nun soll Enkidu unschuldig sterben?«
Aber Enlil erzürnte sich gegen den himmlischen Schamasch:
»Weil du täglich zu ihnen wie *ihresgleichen* hinabgingst!«
Enkidu lag (krank) darnieder vor Gilgamesch.
Dem brachen da die Tränen in Strömen hervor:
»Bruder, lieber Bruder! warum sprechen sie mich frei
    anstatt meines Bruders?«
Sodann: »Werd ich mich nun zu einem Totengeist
Setzen müssen, zur Totengeisttür?
Meinen lieben Bruder nimmermehr sehen mit
meinen Augen?«

[Lücke]

[jüngere Fassung:]

Enkidu hob die Augen auf,
Mit der Türe spricht er als wie *mit einem Menschen:*

»Du Türe aus dem Forst, *du unvernünftige* ..:

Ohne den Verstand, der nicht vorhanden ist, ...

Auf zwanzig Doppelstunden *ersah* ich das *gute* Holz für dich!

Bis dass ich die hohe Zeder gesehen . .

War dein Holz ohnegleichen *in meinen Augen*.

Sechsmal zwölf Ellen beträgt deine Höhe,

Zweimal zwölf Ellen beträgt deine Breite;

Türstange, Polschuh und Stangenknopf bei dir sind

Ich zimmerte dich, ich hob dich auf, in Nippur.

Hätt' ich, o Türe, gewusst, dass dies deine *Schönheit,*

Und dies *deines Holzes* Schönheit war,

Erhoben hätt' ich ein Beil, es *gehandhabt,*

Fügen lassen ein Floß

    [ca. 12 Verse fehlen]

Doch jetzt, o Türe: Ich zimmerte dich, ich hob dich
    auf, ... Nippur.

Entweder mag ein König, der nach mir aufkommt,
    dich, »wecken«,

Oder mag der Gott ... dich ...

Er mag meinen Namen beseitigen und seinen
    Namen einsetzen!«

Er riss aus ...,warf ... hin.

Auf seine Worte hört' er hin, eilends gar früh ... te er ihn.

Gilgamesch hört hin auf die Worte seines Freundes
    Enkidu, und es fließen seine Tränen.

Gilgamesch tat zum Reden den Mund auf, sagt und
    spricht zu Enkidu:

»Es schenkte dir der Gott ... ein weites Herz, *zuverlässige* Rede;

Er gab dir, Vernunft zu haben, und doch gar Seltsames
    redest du!

Warum, mein Freund, sprach dein Herz so seltsame Dinge?

Der Traum war doch sehr kostbar, des Schreckens aber
    auch viel!

[ein Vers fehlt]

... waren viel, der Traum war kostbar:

Dem Lebenden überließen *die Götter* das Klagen!

Der Traum überließ dem Überlebenden die Klage!

Ich will *beten* und die großen Götter anflehen!

Ich will stets ... suchen, zu deinem Gott beten!

... Enlil, Vater der Götter, ...

[ein Vers fehlt]

Aus Gold in unendlicher Menge will ich dein Bildnis fertigen!

... bekümmere dich nicht! Das Gold ...

Was Enlil sagte, ist nicht wie ...

Was er sagte, ging nicht zurück, nicht ...

Was er ... legte, ging nicht zurück, nicht ...

Mein Freund, ...

Die ... der Geschicke gehen zu den Menschen!

Kaum, dass ein Schimmer des Morgens graute,

Erhob Enkidu sein Haupt und weint vor Schamasch,

Vor dem Glanz des Schamasch fließen seine Tränen.

»Ich rief dich an, Schamasch, wegen meines
   kostbaren Lebens,

Ich wandte mich an dich, Schamasch, wegen des Jägers,
   des gewalttätigen Menschen,

Der mir nicht Gleiches zukommen ließ wie
   meinem Gefährten.

Der Jäger erreiche nicht, was seinen Gefährten zuteil ward!

Vernichte seinen Gewinn, mindere seine Kräfte!

Dass man ihn fort jage, sei sein Anteil vor dir!

In ... soll er nicht eintreten können, durch die
   Fenster hinausgehen müssen!«

Als er den Jäger verflucht hatte nach Herzenslust,

Trieb es ihn, auch die Dirne zu verfluchen.

»Wohlan, Dirne, die Geschicke will ich dir bestimmen,

Ein Schicksal, das kein Ende nimmt für der Ewigkeit Dauer!

Ich will dich verwünschen mit großer Verwünschung,
Eilends früh stehe auf meine Verwünschung wider dich!
Nicht sollst du einrichten dürfen ein Haus, in dem du
   Frau bist,
Auf dass du nicht lieben kannst *ein Kind deines Leibes!*
Nicht sollst du wohnen im ... der Mädchen!
Deinen guten Schoß soll ... schwängern!
Dein Festgewand soll der Trunkene mit *Gespei* besudeln!

     [ein Vers fehlt]

Als ... *bleibe dir nur der Lehmklumpen* des Töpfers!
Vom glänzenden Alabastron sollst du nichts bekommen!
..., das den Menschen Fülle bringt, soll in deinem Hause
   nicht aufbewahrt werden!
Als Frauenlager diene dir der Türdurchgang!
Der Kreuzweg sei dein Wohnsitz,
Wüste Gegenden dein Lager!
Der Schatten der Mauer sei dein Aufenthalt,
Stachelkraut und Dornen sollen deine Füße wund stechen!
Auf die Backe soll der Trunkne dich und der
   Durstige schlagen!«
Auf deiner Reise soll *der Löwe* gegen dich brüllen!
Deine Wand soll der Baumeister nicht verputzen!
... niste das Käuzchen,
... kein Gastmahl finde statt!

     [fünf Verse fehlen]

... *weil* du gegen mich gepisst hast!«
Da Schamasch die Rede seines Mundes hörte,
Rief er alsbald ihn vom Himmel aus an:
»Warum, Enkidu, verfluchst du die Dirne, die Priesterin?
Die dich götterwürdige Speisen essen ließ,
Mit feinstem Bier, wie es Königen ansteht, dich tränkte?
Mit vornehmer Kleidung dich kleidete,
Und Gilgamesch dir, den herrlichen, als Gesellen zu eigen gab?

Jetzt, Freund, ist Gilgamesch gar dein leiblicher Bruder!
Er lässt dich ruhen auf vornehmem Lager,
Ja, auf einem Ehrenlager dich ruhen,
Auf einem Sitz des Friedens, einem Sitz zur Linken lässt
    er dich hinsetzen,
Dass *die Herrscher* der Erde die Füße dir küssen.
Weinen lässt er um dich die Leute von Uruk und klagen,
Wohlgestellte Leute erfüllt er mit *Gram* um dich;
Er selbst lässt, *bleibt er* nach dir, schmutzbedeckt seinen Leib,
Tut eine Löwenhaut an und läuft in die Steppe.
»Da Enkidu Schamaschs, des Helden, Rede vernommen,
Ward alsbald sein zorniges Herz besänftigt.
»Wohlan, Dirne, die Geschicke will ich dir bestimmen,
Mein Mund, der dich eben verfluchte, soll nun dich segnen!
Statthalter und Fürsten sollen dich lieben;
Wer eine Doppelstunde *ging,* soll den Schenkel sich schlagen,
Wer zwei Doppelstunden *ging,* soll sein Haupthaar schütteln!
Nicht versage sich dir der Hauptmann, er löse für dich
    seinen Gürtel,
Er gebe dir Obsidian, Lasurstein und Gold!
Einen Scheibchenring lege er an an deine Ohren!
Für ... sind gefüllt seine *Kohlebecken,* seine Vorräte eingebracht.
In das ... der Götter soll er dich hineinbringen,
Die Gattin, die Mutter von sieben Kindern,
Soll *deinethalben* verlassen werden!«
Enkidu grämte sich ab in seinem Gemüt,
Während er so lange einsam dalag.
Wie es ihm zumute war, sagte er dem Freund und sprach
    zu ihm:
»Mein Freund, ich sah einen Traum heute nacht:
Der Himmel schrie, die Erde gab Antwort.
Zwischen ihnen stand ich.
Da erschien ein *Mann* mit düsterem Antlitz,

Dem Anzû-Vogel glich sein Antlitz,
Eine Löwentatze war seine Tatze,
Adlerklauen waren seine Klauen.
Er packte mich an meinem Schopf und überwältigte mich.
Ich schlug ihn, da sprang er auf und ab gleich
    einem Springseil *[= Symbol der Ischtar]*.
Er schlug mich und wie ein.., drückte er mich hinunter.
Wie ein Wildstier trampelte er mich nieder,
Er umklammerte meinen ganzen Leib.
»Rette mich, mein Freund« (rief ich), aber du halfst mir nicht,
Du hattest Angst und ... nicht ...

    [4 Verse fehlen]

Da hat er mich *ganz und gar* in eine *Taube* verwandelt,
Dass mir die Arme wie Vögeln *befiedert* sind.
Er fasst mich an, führt mich zum Hause der Finsternis,
    der Wohnung Irkallas,
Zum Hause, das nicht verlässt, der's betreten,
Zur Straße hin, deren Bahn nicht umkehrt,
Zum Haus, darin wohnend man des Lichts entraten muss,
Wo Erdstaub die Nahrung ist, Lehm die Speise,
Man Flügelgewänder trägt wie Vögel
Und Licht nicht sieht, im Dunkeln sitzt.
Auf Tür und Riegel liegt der Staub.
Wo ich eingetreten, im Hause des Erdstaubs,
Liegen am Boden die Königsmützen,
Die Fürsten, die Träger von Königsmützen,
Die seit der Vorzeit das Land beherrschten,
Die Stellvertreter von Anu und Enlil –
Sie tragen auf gebratenes Fleisch,
Tragen *Gebäck* auf, kredenzen aus Schläuchen kühles Wasser.
Wo ich eingetreten im Hause des Erdstaubs,
Wohnen Hohepriester und Opferhelfer,
Wohnen Reinigungspriester, *Geweihte,*

Wohnen die gesalbten Priester der großen Götter,
Wohnt Etana', wohnt Sumukan«,
Wohnt Ereschkigal, die Königin der Erde':
Beletßêri, die Schreiberin der Erde, kniet vor ihr,
Sie hält eine Schreibtafel und liest ihr vor.
Sie wandte ihr Haupt und erblickte mich –
Da nahm sie diesen ... hinweg.«

[50 Verse fehlen]

»Der mit mir durch alle Beschwernisse zog,
Gedenke an alles, was ich durchwanderte all *die Jahre!*
Mein Freund sah einen Traum, der *Ungutes weissagt.*«
Der Tag, da den Traum er sah, war zu Ende.
Da liegt nun Enkidu einen Tag, einen zweiten Tag;
Es sitzt der Tod in Enkidus Schlafgemach.
Einen dritten Tag und einen vierten Tag
Sitzt der Tod in Enkidus Schlafgemach,
Einen fünften, sechsten und siebenten,
Einen achten, neunten und zehnten.
Enkidus Krankheit *wird schlimmer und schlimmer.*

Einen elften und zwölften Tag liegt er da, Enkidu liegt auf
    dem Lager *des Todes.*
Da rief er Gilgamesch und sprach zu ihm:
»Mich hat, mein Freund, verwünscht *eine böse Verwünschung!*
Nicht wie jemand mitten im Streite fällt, *sterb ich,*
Mich schreckte die Schlacht, so *sterb ich ruhmlos.*
Mein Freund, wer da *fällt* in der Schlacht, *ist glücklich,*
Ich aber *dulde Schmach* im *Sterben.*«

Achte Tafel

Kaum dass ein Schimmer des Morgens graute,
Tat Gilgamesch den Mund auf und sprach zu seinem Freund:
»Enkidu, mein Freund, deine Mutter, die Gazelle,
Dein Vater, der Wildesel, haben dich gezeugt.
Vier Wildesel mit ihrer Milch haben dich aufgezogen,
Und das Getier *zeigte dir* alle Weidestätten.

Die Wege Enkidus führten bis zum Zedernwald,
Sie mögen weinen über dich und nicht schweigen Tag und Nacht!
Weinen mögen über dich die Ältesten des weiten Uruk-Gart,
Alles Volk, das betet nach unserem Tode, weine über dich!
Weinen mögen über dich die Männer der Berge, des Gebirges!

[Text im Folgenden (wo Auslassungspunkte) ungewiss,
von schlecht erhaltenen, fehlerhaft geschriebenen Schülertafeln]

... lege ich mich hin.
Klagen mögen die Fluren wie deine Mutter!
Weinen möge über dich der Wald, die Zypresse und
die Zeder!
..., die wir verwüsteten in, unserem Grimm!
Weinen möge über dich Bär, Hyäne, Tiger, Wisent, Parder,
Löwe, Wildstier, Hirsch, Steinbock, alles Getier des Feldes!
Weinen möge über dich der heilige Ulai-Fluß, an dessen Ufer
wir stolz einhergingen!
Weinen möge über dich der reine Euphrat-Fluß,
An dem wir so oft opferten (klares) Schlauchwasser!
Weinen mögen über dich die Männer des weiten Uruk-Gart,
Die wir im Kampf sahen, als wir den Himmelsstier töteten.
Weinen möge über dich der Landmann wegen der Löwen,
Der im frohen Arbeitslied deinen Namen erhob!
Weinen möge über dich ... der weiten Stadt, der ...,
Der im ersten ... deinen Namen erhob.
Weinen möge über dich der Hirte, der ...

Butter und Leichtbier recht bereitete für deinen Mund.
Weinen möge über dich ...
... trug auf auf deinen ... die Butter.
Weinen möge über dich
stellte hin feines Bier für deinen Mund.
Weinen möge über dich die Dirne ...
... mit Öl salbtest du dich, (und) es gefiel dir.
Weinen möge über dich ...
Im Sippenhaus des Gatten einen Ring gab man dir.
Weinen möge über dich ...
Die Brüder mögen weinen über dich wie Schwestern!
Deine ... seien Klagepriester. .
Ausgerauft seien ihre Haare über dir!
... Enkidu, deine Mutter und dein Vater sind in ihrer Steppe,
Ich weine über *dich* ...

Hört mich, ihr Ältesten von Uruk, ihr Männer hört mich an!
Um Enkidu weine ich, um meinen Freund,
Wie ein Klageweib bitterlich klagend!
Du Axt an meiner Seite, so verlässlich in meiner Hand!
Du Schwert an meinem Gurt, du Schild, der vor mir ist!
Du mein Festgewand, du Gurt für meine Kraftfülle!
Ein böser Dämon stand auf und nahm ihn mir weg!
Mein Freund, du flüchtiger Maulesel, Wildesel des Gebirges,
    Panther der Steppe!
Enkidu, mein Freund, du flüchtiger Maulesel, Wildesel
    des Gebirges, Panther der Steppe!
Nachdem wir, alles gemeinsam verrichtend, den Berg erstiegen,
Den Himmelsstier packten und töteten,
Auch den Chumbaba umbrachten, der da wohnte
    im Zedernwald – !
Was ist das nun für ein Schlaf, der dich gepackt hat?
Du wurdest umdüstert und hörst mich nicht mehr!«
Der aber schlägt die Augen nicht auf,
Und da er nach seinem Herzen fasste, schlug es nicht mehr!

Nun, da er dem Freund gleich einer Braut das Gesicht
   verhüllt hat,
Springt er über ihm umher wie ein Adler,
Wie eine Löwin, die ihrer Jungen beraubt ist.
Er wendet sich immer wieder vorwärts und rückwärts,
Rauft sich das gelockte Haar, schüttet es zu Boden,
Reißt seine schönen Kleider ab und wirft sie hin wie
   etwas Unberührbares.
Kaum dass ein Schimmer des Morgens graute,
Ließ Gilgamesch über das Land den Ruf ausgehen:
»Du Schmied, *Edelsteinschleifer,* Kupferformer,
   Goldschmied, *Ziseleur,*
Bilde meinen Freund, *schaffe sein Bildnis!*«
Da schuf der.., ein Bildnis seines Freundes,
Von seinen Gliedmaßen ...
»... von Lasurstein sei deine Brust, von Gold dein Leib!«
   [ca. 25 Verse fehlen]
»Ich lasse dich ruhen auf vornehmem Lager,
Ja auf einem Ehrenlager dich ruhn,
Auf einem Sitz des Friedens, einem Sitz zur Linken, lasse
   ich dich hinsetzen,
Dass die Herrscher der Erde die Füße dir küssen.
Weinen lass ich um dich die Leute von Uruk und klagen,
Wohlgestellte Leute erfüll ich mit *Gram* um dich;
Ich selbst lass schmutzbedeckt meinen Leib nach dir,
Tu eine Löwenhaut um und lauf in die Steppe.«
   [137 Versen fehlen]
Kaum dass ein Schimmer des Morgens graute,
Ließ er einen großen Tisch von Elammakku hinaustun,
Von *Karneol* eine Schale füllt' er mit Honig,
Von Lasurstein eine Schale füllt' er mit Butter an.
Mit ... stattete er aus und ließ es den Schamasch sehen.
   [Von der weggebrochenen Tafel fehlen 30 bis 50 Verse]

Neunte Tafel

Gilgamesch – um Enkidu, seinen Freund,
Weint er bitterlich, läuft herum in der Steppe:
»Werd ich nicht, sterbe ich, ebenso sein wie Enkidu?
Harm hielt Einzug in meinem Gemüte,
Todesfurcht überkam mich, nun lauf ich herum
    in der Steppe;
Zu Utnapischtim hin, dem Sohn Ubara-Tutus,
Hab den Weg ich genommen, zieh eilig dahin.
Zu den Pässen des Berges gelangt' ich des Nachts.
Löwen sah ich und fürchtete mich,
Hob empor mein Haupt, betend zu Sin,
An die Größte unter den Göttern ergeht mein Flehn:
» ... lass heil mich bleiben in dieser Gefahr!«
Nachts schlief er ein; von einem Traum schreckt' er auf:
Ein ..., er freute sich des Lebens.
Er nahm eine Axt an seine Seite,
Zog das Schwert aus seinem Gürtel.
Unter sie stürzte er wie ein Pfeil,
Hieb auf sie drein und zerstreute sie.

[32 Verse fehlen]

[Gilgamesch kommt zu einem Berge:]

Des Berges Benennung ist Mâschu.
Sowie er zum Berge Mâschu gelangt war: –
Die täglich Auszug und Einzug bewachen,
Über die *nur* die Himmelshalde *hinweg ragt,*
Denen unten die Brust an den Höllengrund stößt –
Skorpionmenschen halten am Bergtor Wacht,
Deren Furchtbarkeit ungeheuer ist, deren Anblick Tod ist,
Deren großer Schreckensglanz Berge überhüllt,
Die beim Auszug und Einzug der Sonne die Sonne bewachen –

Da Gilgamesch diese sah, überdeckte er mit Furchtbarkeit
und Schreckensglanz sein Angesicht.
Er fasste sich und neigte sich vor ihnen.
Der Skorpionmensch ruft seinem Weibe zu:
»Der zu uns da gekommen – sein Leib ist Götterfleisch!«
Das Weib des Skorpionmenschen antwortet ihm:
»Zwei Teile sind Gott an ihm – Mensch ist sein dritter Teil!«
Der Skorpionmensch, das Mannsbild, ruft,
Zum Sprössling der Götter sagt er die Worte:
»*Weshalb zogst du so* fernen Weges,
Kamst du hierher, bis vor mich hin,
Quertest du mühsam zu querende *Ströme?*
Gerne wüsst' ich, *worum es dir geht.*«

[28 Verse fehlen]

[Gilgamesch antwortet:]

»Um Utnapischtims, meines Ahnen willen ...!
Der trat in die Götterschar, bekam geschenkt das Leben –
Nach Tod und Leben *will ich ihn fragen!*«
Der Skorpionmensch tat den Mund auf
Und sprach zu Gilgamesch:
»Nicht gab es, Gilgamesch, Menschen, die's konnten!
Des Berges Inneres hat niemand durchschritten,
Auf zwölf Doppelstunden ist finster sein Inneres!
Dicht ist die Finsternis, kein Licht ist da!
Zum Sonnenaufgang lenkt sich der Weg,
Zum Sonnenuntergang ...

[69 Verse fehlen]

Unter Klagen ...
In Nässe und Sonnenglut ...
Unter Seufzen ...
Jetzt ...«

Der Skorpionmensch tat den Mund auf,
Zu Gilgamesch sprach er die Worte
»Zieh hin, Gilgamesch, *fürchte dich nicht!*
Die Berge von Mâschu *geb ich dir frei,*
Die Berge, die Gebirge *durchschreite getrost!*
Heil mögen *heim deine Füße dich bringen!*«

    [1 Vers fehlt]

Kaum hatte Gilgamesch dies vernommen,
Als des Skorpionmenschen Wort er befolgte,
Auf dem Wege des Schamasch trat er ins Bergtor ein.
Als er eine Doppelstunde weit gedrungen:
Dicht ist die Finsternis, kein Licht ist da,
Nicht ist ihm vergönnt zu sehen, was hinten liegt.
Als er zwei Doppelstunden weit gedrungen:
Dicht ist die Finsternis, kein Licht ist da,
Nicht ist ihm vergönnt zu sehen, was hinten liegt.
Als er drei Doppelstunden weit gedrungen:
Dicht ist die Finsternis, kein Licht ist da,
Nicht ist ihm vergönnt zu sehen, was hinten liegt.
Als er vier Doppelstunden weit gedrungen:
Dicht ist die Finsternis, kein Licht ist da,
Nicht ist ihm vergönnt zu sehen, was hinten liegt.
Als er fünf Doppelstunden weit gedrungen:
Dicht ist die Finsternis, kein Licht ist da,
Nicht ist ihm vergönnt zu sehen, was hinten liegt.
Als er sechs Doppelstunden weit gedrungen:
Dicht ist die Finsternis, kein Licht ist da,
Nicht ist ihm vergönnt zu sehen, was hinten liegt.
Als er sieben Doppelstunden weit gedrungen:
Dicht ist die Finsternis, kein Licht ist da,
Nicht ist ihm vergönnt zu sehen, was hinten liegt.

Als er acht Doppelstunden weit gedrungen, schreit er auf:
Dicht ist die Finsternis, kein Licht ist da,
Nicht ist ihm vergönnt zu sehen, was hinten liegt.
Als er neun Doppelstunden weit gedrungen,
    spürt er den Nordwind,
... es lächelt sein Antlitz.
Dicht ist die Finsternis, kein Licht ist da,
Nicht ist ihm vergönnt zu sehen, was hinten liegt.
Als er zehn Doppelstunden weit gedrungen,
Da ist nahe der Ausgang ...
        [1 Vers fehlt]
Als er elf Doppelstunden weit gedrungen, kommt er
    heraus vor Sonnenaufgang.
Als er zwölf Doppelstunden weit gedrungen,
    herrscht die Helle.
Er strebt, *die Edelsteinbäume zu* sehen:
Der *Karneol,* er trägt seine Frucht,
Eine Traube hängt dran, zum Anschauen geputzt.
Der Lasurstein trägt *Laubwerk,*
Auch trägt er Frucht, *lustig* anzusehn.

Zehnte Tafel

Der Schenkin Siduri, die da wohnt in des
   Meeres Abgeschiedenheit,
Sie wohnt und ...
Hat man gemacht einen Krug, gemacht *einen*
   goldenen Maischbottich,
Mit Hüllen ist sie umhüllt ...

Gilgamesch ward umhergetrieben *und kam daher.*
Mit einem Felle ist er bekleidet ...,
Götterfleisch hat er ...,
Harm ist da in seinem Gemüte,
Einem Wanderer ferner Wege gleicht sein Antlitz.

Die Schenkin schaut in die Ferne aus,
Mit ihrem Herzen sich beredend, sagte sie die Worte,
Ja, mit sich selber ging sie zu Rate:
»Vielleicht ist dieser ein *Mörder* ...
Irgendwohin geht er ...!«
Da die Schenkin ihn gesehen, riegelte sie die Türe zu,
Ihr Tor riegelte sie zu, riegelte zu den *Riegel.*
Er aber, Gilgamesch, hatte acht auf *ihre Stimme,*
Hob empor sein Kinn, richtete *den Blick auf sie;*
Gilgamesch sprach zu ihr, zur Schenkin:
»Schenkin, was sahst du, dass *deine Türe* du verriegeltest?
Dein Tor verriegeltest, verriegeltest den Riegel?
Die Türe zerschlag ich, zerbreche den Riegel!«

[Das Folgende stammt aus einer altbabylonischen Tafel]

»In ihre Felle kleidet er sich, ißt *rohes* Fleisch,
In die Brunnen, Gilgamesch, die nie zuvor vorhanden waren,
Wird, *wenn du es sagst,* mein Wind das Wasser treiben!«
Schamasch betrübte sich, machte sich auf zu ihm
Und sprach zu Gilgamesch:

»Gilgamesch, wohin läufst du?

Das Leben, das du suchst, wirst du sicher nicht finden!«

Gilgamesch sprach zu ihm, zu Schamasch, dem Helden:

»Ward seit dem Laufen und Rennen über die Steppe hin

Auf der Erde des Ausruhens viel?

Und doch schlief ich alle die Jahre!

Möge mein Auge die Sonne erblicken, ich am Licht
    mich ersättigen!

Ist die Finsternis fern, wieviel Helligkeit ist da?

Wann könnte ein Toter den Sonnenglanz sehen?«

    [zurück zum jüngeren Epos:]

Gilgamesch sprach zu ihr, zur Schenkin:

»*Ich* packte den Stier, der vom Himmel herabkam,
    erschlug ihn;

Ich habe den Wächter des Forstes erschlagen,

Chumbaba umgebracht, der im Zedernwald wohnt,

In den Pässen der Berge Löwen getötet.«

Die Schenkin sprach zu ihm, zu Gilgamesch:

»Wenn du Gilgamesch bist, so den Wächter erschlagen,

Chumbaba umgebracht, der im Zedernwald wohnt,

In den Pässen der Berge Löwen getötet,

Gepackt und erschlagen den Stier, der
    vom Himmel herabkam –

Warum sind denn abgezehrt deine Wangen,
    gebeugt dein Antlitz,

Ist unfroh dein Herz, verlebt deine Züge,

Ist Harm in deinem Gemüte da,

Gleicht einem Wanderer ferner Wege dein Antlitz,

Ist von Nässe und Sonnenglut dein Antlitz versengt,

... und läufst in die Steppe?«

Gilgamesch sprach zu ihr, zur Schenkin:

»Mein Freund, den ich über die Maßen liebte,

Der mit mir durch alle Beschwernisse zog;

Enkidu, den ich über die Maßen liebte,
Der mit mir durch alle Beschwernisse zog –
Er ging dahin zur Bestimmung der Menschheit.
Um ihn hab ich Tag und Nacht geweint,
Ich gab nicht zu, dass man ihn begrübe –
Ob mein Freund nicht doch aufstünde von meinem
  Geschrei –
Sechs Tage und sieben Nächte,
Bis dass der Wurm sein Gesicht befiel.
Seit er dahin ist, fand ich das Leben nicht,
Strich umher wie ein Räuber inmitten der Steppe.
Nun, Schenkin, hab ich dein Antlitz erblickt –
Möchte ich den Tod, den ich so fürchte, nicht ersehen!«
Die Schenkin sprach zu ihm, zu Gilgamesch:
»Gilgamesch, wohin läufst du?
Das Leben, das du suchst, wirst du sicher nicht finden!
Als die Götter die Menschheit erschufen,
Teilten den Tod sie der Menschheit zu,
Nahmen das Leben für sich in die Hand.
Du, Gilgamesch – dein Bauch sei voll,
Ergötzen magst du dich Tag und Nacht!
Feiere täglich ein Freudenfest!
Tanz und spiel bei Tag und Nacht!
Deine Kleidung sei rein, gewaschen dein Haupt,
Mit Wasser sollst du gebadet sein!
Schau den Kleinen an deiner Hand,
Die Gattin freu' sich auf deinem Schoß!
Solcher Art ist das Werk *der Menschen!*«

    [einige Verse fehlen]

Gilgamesch sprach zu ihr, zur Schenkin:
»Nun, Schenkin, wie ist der Weg zu Utnapischtim?
Was ist sein Merkmal? Gib mir, ja gib mir sein Merkmal!

Wenn's möglich ist, will ich das Meer überqueren,
Wenn's unmöglich ist, durch die Steppe laufen!«

[entsprechend sind altbabylonischen Verse:]

»Was, meine Schenkin, sagst du ...?
Um meinen Freund ist mein Herz bekümmert gar sehr!
Was, meine Schenkin, sagst du ...?
Um Enkidu ist mein Herz bekümmert gar sehr.
Du wohnst, meine Schenkin, am Gestade des Meeres,
Daher weißt du Bescheid, dein Herz umfasst alles.
Wohin ich gehen soll, weise mir ...!
Wenn es möglich ist, will ich das Meer überschreiten!«
Die Schenkin sprach zu ihm, zu Gilgamesch:
»Nicht gab es, Gilgamesch, je eine Übergangsstelle,
Und niemand, der seit vergangenen Zeiten herkommt,
    geht übers Meer.
Meerüberschreiter ist nur Schamasch, der Held;
Wer geht außer Schamasch hinüber?
Mühe schafft der Übergangsort, mühselig ist der Weg dahin,
Und dazwischen liegt das Gewässer des Todes,
    das *unzugänglich* ist!
Irgendwo einmal, Gilgamesch, überschrittest du das Meer.
Kommst du aber zum Wasser des Todes – was willst du tun?
Gilgamesch, da ist Urschanabi, Utnapischtims Schiffer!
Dem gehören die *Steinernen;* drinnen im Walde sammelt
    er *Warane.*
Geh hin, dass er dein Angesicht schaue!
Wenn's möglich ist, fahr über mit ihm,
Wenn's nicht möglich ist, weiche hinter dich!«
Kaum hatte Gilgamesch dies gehört,
Da nahm er die Axt auf in seine Hand.
Zückte das Schwert *an seiner Seite,*
Schlüpfte hinein, stieg hinab zu ihnen,
Unter sie stürzte er wie ein Pfeil,

Inmitten des Waldes lässt er *die Stimme* erdröhnen,
Es sah ihn Urschanabi, den *helläugigen* ..., den Mann.
Er hörte die Axt, *lief hinzu und* ...
Dann schlug er den Kopf des ...
Packte seine Hand und ...
Und die Steinernen hielt er zurück ...

[2 Verse fehlen]

In seinem Zorne zerschmetterte er sie.
Er kehrte um, zu ihm hinzutreten,
Urschanabi sieht in seine Augen.
Urschanabi sprach zu ihm, zu Gilgamesch:
»Wer du mit Namen seist, sage mir!
Ich bin Urschanabi, im Dienst des fernen Utnapischtim.«
Gilgamesch sprach zu ihm, zu Urschanabi:
»Gilgamesch ist mein Name,
Der ich gekommen aus Uruk, dem Hause des Anu,
Der ich umherging in den Bergen,
Einen *fernen* Weg, *den Pfad* des Schamasch.
Nun, Urschanabi, hab ich dein Antlitz erblickt;
Zeig mir den fernen Utnapischtim!«
Urschanabi sprach zu ihm, zu Gilgamesch:

[bis zu 5 Verse fehlen]

»Wenn ich dir zeigen soll den fernen Utmapischtim,
Musst du *mit mir* das Schiff besteigen,
Zu dem, der ..., will ich dich hinbringen.«
Gemeinsam beraten die beiden;
Gilgamesch sagt ein Wort zu diesem.

[Durch die jüngere Fassung eingefügt:]

»Warum sind abgezehrt deine Wangen, gebeugt dein Antlitz,
Ist unfroh dein Herz, verlebt deine Züge,
Ist Harm in deinem Gemüte da,
Gleicht einem Wanderer ferner Wege dein Antlitz,

Ist von Nässe und Sonnenglut dein Antlitz versengt,
... und läufst in die Steppe?«
Gilgamesch sprach zu ihm, zum Schiffer Urschanabi:
»Urschanabi, sollen meine Wangen nicht abgezehrt
     sein, nicht gebeugt mein Antlitz?
Nicht unfroh mein Herz sein, nicht verlebt meine Züge,
Nicht Harm in meinem Gemüte sein,
Nicht gleichen einem Wanderer ferner Wege mein Antlitz,
Nicht von Nässe und Sonnenglut mein Antlitz versengt sein,
..., ich nicht in die Steppe laufen?
Mein Freund, der flüchtige Maulesel, der Wildesel
     des Gebirges, der Panther der Steppe!
Enkidu, mein Freund, der flüchtige Maulesel, der Wildesel   des
Gebirges, der Panther der Steppe!
Nachdem wir, alles gemeinsam verrichtend,
     den Berg erstiegen,
Die Stadt ... einnahmen, den Himmelsstier töteten,
Auch den Chumbaba umbrachten, der da wohnte
     im Zedernwald,
In den Pässen der Berge Löwen töteten –
Mein Freund, den ich über die Maßen geliebt,
Der mit mir durch alle Beschwernisse zog,
Enkidu, mein Freund, den ich über die Maßen geliebt,
Der mit mir durch alle Beschwernisse zog,
Es hat ihn ereilt die Bestimmung der Menschheit.
Um ihn weint' ich sechs Tage und sieben Nächte,
Ich gab nicht zu, dass man ihn begrübe,
Bis dass der Wurm sein Gesicht befiel.
Mir graute *vor meines Freundes Aussehn,*
Ich erschrak vor dem Tod, dass ich lief in die Steppe!
Meines Freundes Sache lastet auf mir,
Dass ich lief einen fernen Pfad in die Steppe!

Enkidus, meines Freundes, Sache lastet auf mir,
Dass ich lief einen fernen Weg in die Steppe!
Ach, wie soll ich stumm bleiben? Ach, wie schweigen?
Mein Freund, den ich liebte, ist zu Erde geworden!
Enkidu, mein Freund, den ich liebte, ist zu Erde geworden!
Werd ich nicht auch wie er mich betten
Und nicht aufstehn in der Dauer der Ewigkeit?«
Gilgamesch sprach zu ihm, zum Schiffer Urschanabi:
»Nun, Urschanabi, wie ist der Weg zu Utnapischtim?
Was ist sein Merkmal? Gib mir, ja gib mir sein Merkmal,
Wenn's möglich ist, will ich das Meer überqueren,
Wenn's unmöglich ist, durch die Steppe laufen!«
Urschanabi sprach zu ihm, zu Gilgamesch:
»Die Steinernen, Gilgamesch, waren es,
    welche mich hinüberbringen,
Auf dass ich nicht berühre die Wasser des Todes.
Deine Hände, Gilgamesch, hemmten die Überfahrt!
Du zerschlugst die Steinernen, rissest aus ihre Ketten.
Nun, wo die Steinernen zerschlagen, ihre
    Ketten herausgerissen sind,
Nimm die Axt auf, Gilgamesch, in deine Hand!
Wohlan, geh wieder zum Wald hinab,
Hundertzwanzig Stangen zu fünfmal zwölf Ellen
    schneide dir zu,
Schäle sie, und bring Ruderblätter an! Die magst
    du mir bringen.«
Kaum hatte Gilgamesch dieses gehört,
Da nahm er die Axt auf, in seine Hand, ...
Wieder ging er zum Wald hinab,
Hundertzwanzig Stangen schnitt er sich zu zu
    fünfmal zwölf Ellen,
Schälte sie und brachte Ruderblätter an
Und brachte sie hin zu Urschanabi.

Gilgamesch und Urschanabi bestiegen das Schiff,
Setzten das Schiff ein, und sie fuhren dahin.
Ein Weg von einem Monat und fünfzehn Tagen
War am dritten Tage ganz *zurückgelegt,*
So gelangte Urschanabi zum Wasser des Todes.
Urschanabi sprach zu ihm, zu Gilgamesch:
»Halte dich zurück, Gilgamesch, nimm eine Stange!
Über die Wasser des Todes darf *deine Hand*
   nicht hinweg fahren ...
Eine zweite Stange, Gilgamesch, nimm, eine dritte und vierte!
Eine fünfte Stange, Gilgamesch, nimm, eine sechste
   und siebte!
Eine achte Stange, Gilgamesch, nimm, eine neunte
   und zehnte!
Eine elfte Stange, Gilgamesch, nimm, eine zwölfte!«
Mit zweimal sechzig' hatte Gilgamesch die
   Stangen verbraucht.
Er indes löste seinen Gürtel ...,
Gilgamesch riss sich die Kleidung vom Leibe,
Mit den Händen *befestigt'* er sie am Mast ...
Utnapischtim schaut in die Ferne aus,
Mit seinem Herzen sich beredend, sagt er die Worte,
Ja, mit sich selber geht er zu Rate:
»Weshalb sind des Schiffes Steinerne zerschlagen,
Und fährt wer im Schiff, der kein Recht darauf hat?
Der da gekommen, der Mensch, ist doch keiner der Meinen?

   [3 Verse fehlen]

Was begehrt wohl sein Herz von mir?«

   [20 Verse fehlen]

Utnapischtim sprach zu ihm, zu Gilgamesch:
»Warum sind abgezehrt deine Wangen, gebeugt dein Antlitz,
Ist unfroh dein Herz, verlebt deine Züge,
Ist Harm in deinem Gemüte da,

Gleicht einem Wanderer ferner Wege dein Antlitz,

Ist von Nässe und Sonnenglut dein Antlitz versengt,

... und läufst in die Steppe?«

Gilgamesch sprach zu ihm, zu Utnapischtim:

»Utnapischtim, sollen meine Wangen nicht abgezehrt sein, nicht gebeugt mein Antlitz?

Nicht unfroh mein Herz sein, nicht verlebt meine Züge,

Nicht Harm in meinem Gemüte sein,

Nicht gleichen einem Wanderer ferner Wege mein Antlitz,

Nicht von Nässe und Sonnenglut mein Antlitz versengt sein,

..., ich nicht in die Steppe laufen?

Mein Freund, der flüchtige Maulesel, der Wildesel des Gebirges, der Panther der Steppe!

Enkidu, mein Freund, der flüchtige Maulesel, der Wildesel des Gebirges, der Panther der Steppe!

Nachdem wir, alles gemeinsam verrichtend, den Berg erstiegen,

Die Stadt ... einnahmen, den Himmelsstier töteten,

Auch den Chumbaba umbrachten, der da wohnte im Zedernwald,

In den Pässen der Berge Löwen töteten!

Mein Freund, den ich über die Maßen geliebt,

Der mit mir durch alle Beschwernisse zog,

Enkidu, mein Freund, den ich über die Maßen geliebt,

Der mit mir durch alle Beschwernisse zog –

Es hat ihn ereilt die Bestimmung des Menschen.

Um ihn weint' ich sechs Tage und sieben Nächte,

Ich gab nicht zu, dass man ihn begrübe,

Bis dass der Wurm sein Gesicht befiel.

Mir graute vor *meines Freundes Aussehn,*

Ich erschrak vor dem Tod, dass ich lief in die Steppe!

Meines Freundes Sache lastet auf mir,

Dass ich lief einen fernen Pfad in die Steppe!

Enkidus, meines Freundes, Sache lastet auf mir,
Dass ich lief einen fernen Weg in die Steppe!
Ach, wie soll ich stumm bleiben? Ach, wie schweigen?
Mein Freund, den ich liebte, ist zu Erde geworden!
Enkidu, mein Freund, den ich liebte, ist zu Erde geworden!
Werd ich nicht auch wie er mich betten
Und nicht aufstehn in der Dauer der Ewigkeit?«
Gilgamesch sprach zu ihm, zu Utnapischtim:
»Auf dass ich käme zu Utnapischtim,
Den sie den Fernen nennen, sehen möge –
Durchirrte ich wandernd all die Lande,
Überschritt ich viele beschwerliche Berge,
Fuhr ich hin über alle die Meere,
Erlabte sich mein Antlitz nicht an süßem Schlummer,
Kränkte ich durch Nicht-Schlafen mich selber,
Erfüllte ich meine Adern mit Harm; doch was gewann
    ich zum Leben?
Da zum Haus der Schenkin ich noch nicht gelangt war,
 War meine Kleidung schon abgenützt.
Ich tötete *Bär, Hyäne,* Löwe, Panther, *Tiger,*
Hirsch, Steinbock, das Wild und der Steppe Getier;
Ich aß ihr Fleisch, zog *an* ihre Felle.
Verriegeln möge man endlich das Tor zur Wehklage;
Mit Pech und Asphalt soll man es verschließen!
Weil mich mit Freudenspiel nicht ...,
Reisst mich Armen ab ...«

Utnapischtim sprach zu ihm, zu Gilgamesch:
»Warum, Gilgamesch, *vermehrst* du die Klage,
Der du aus Fleisch der Götter und Menschen *herrlich*
    gestaltet bist,
Der wie dein Vater und deine Mutter ... tat?
Wurdest du irgendwann, Gilgamesch, einem Tölpel ...?
Einen Thron in der Versammlung stellen sie hin, ...

Dem Tölpel jedoch wurde Biersatz statt Butter gegeben,
Kleie und altes Mehl, das wie ... ist.
Angetan ist er nur mit einer Leibbinde statt ...
Und ihn statt eines Gürtels ...
Weil er nicht ... hat ...,
Ein Wort des Rates nicht annimmt ...
Kümmere dich um ihn, Gilgamesch, ...

> [3 Verse fehlen]

Eine Mondfinsternis ...
Wach sind die Götter ...
Sind ruhelos bemüht ...
Seit jeher ist vorhanden ...
Du bemüh dich und ...!
Deine Hilfe gewähre ...

> [5 Verse fehlen]

... nahmen sie zu seinem Schicksal.
Du wurdest nun schlaflos, doch was hattest du davon?
Da du nicht schläfst, seufzt du ...
Deine Adern füllst du mit Harm ...
Deine Tage, die schon ferngerückt waren, bringst
    du dir wieder heran.
Die Menschen, deren Nachkommen wie Rohr
    abgeknickt sind,
Den guten Mann, das gute Mädchen
... nimmt weg der Tod.
Möchte da etwa jemand den Tod sehen, jemand des
    Todes Angesicht,
Jemand des Todes Ruf hören?
Und doch ist es der grimme Tod, der die Menschen abknickt!
Irgendwann errichten wir ein Haus!
Irgendwann siegeln wir ein Testament!
Irgendwann teilen die Brüder!
Irgendwann herrscht Hass im Lande!

Irgendwann führte das Hochwasser des angeschwollenen
  Flusses (etwas) davon,
Libellen treiben flußab!
Ein Antlitz, das in die Sonne sehen könnte,
Gibt es seit jeher nicht.
Der Verschleppte und der Tote, wie gleichen sie einander!
Das Bild des Todes zeichnen sie nicht!
Ja, du Mensch, Mann! Seit Enlil segnete,
Sind die Anunnaki, die großen Götter, versammelt,
Mammetum, des Schicksals Erzeugerin,
Bestimmt mit ihnen die Schicksale
Sie haben Tod oder Leben zugeteilt,
Des Todes Tage aber nicht bekannt gemacht.«

Elfte Tafel

Gilgamesch sprach zu ihm, zum fernen Utnapischtim:
»Schau ich auf dich, Utnapischtim,
So sind deine Maße nicht anders – wie ich bist du,
Ja, du bist nicht anders – wie ich bist du!
Mein Herz ist ganz darauf gerichtet, mit dir zu kämpfen,
Und doch ist mein Arm untätig gegen dich!
Daher sage mir: wie tratst du in die Schar der Götter
    und gingst dem Leben nach?«
Utnapischtim sprach zu ihm, zu Gilgamesch:
»Ein Verborgenes, Gilgamesch, will ich dir eröffnen,
Und der Götter Geheimnis will ich dir sagen.
Schuruppak – eine Stadt, die du kennst,
Die am Ufer des Euphrat liegt –,
Diese Stadt war schon alt, und die Götter waren ihr nah.
Eine Sintflut zu machen, entbrannte das Herz den
    großen Göttern.
Den Eid leistete ihr Vater Anu,
Enlil, der Held, der sie berät,
Ihr Minister Ninurta, ihr Deichgraf Ennugi.
Ninschiku-Ea hatte mit ihnen geschworen;
Ihre Rede jedoch gab er einem Rohrhaus wieder:
»Rohrhaus, Rohrhaus! Wand, Wand!
Rohrhaus, höre, Wand, begreife!
Mann von Schuruppak, Sohn Ubara-Tutus!
Reiß ab das Haus, erbau ein Schiff,
Lass fahren Reichtum, dem Leben jag nach!
Besitz gib auf, dafür erhalt das Leben!
Heb hinein allerlei beseelten Samen ins Schiff!
Das Schiff, welches du erbauen sollst –
Dessen Maße sollen abgemessen sein,

Gleichgemessen seien ihm Breite und Länge;
Du sollst es wie das Apsû bedachen.«
Da ich's verstanden, sprach ich zu Ea, meinem Herrn:
»Das Geheiß, Herr, das du mir gegeben,
Ich achtete wohl darauf und werde danach tun.
Wie antwort' ich aber der Stadt, der Bürgerschaft und
   den Ältesten?«
Ea tat zum Reden den Mund auf
Und sprach zu mir, seinem Knecht:
»Du Mann, zu ihnen sollst also du reden:
Mir scheint, dass Enlil nichts mehr von mir wissen will;
Da darf ich in eurer Stadt nicht mehr wohnen,
Darf auf Enlils Boden meine Füße nimmer setzen.
So will ich steigen hinab zum Apsû.
Dann wohn ich bei meinem Herren Ea.
Auf euch aber lässt er dann Überfluss regnen,
Ertrag der Vögel, auch *»Verborgenes«* der Fische!
Schenken wird er euch Reichtum und Ernte.
Am Morgen wird er *Küchlein,*
Am Abend auf euch einen Weizenregen
   niedergehen lassen! —«
Kaum dass ein Schimmer des Morgens graute,
Versammelt' zu mir sich das Land.
Der Zimmermann brachte die Holzpfosten,
Der Bootsbauer brachte die *Klammern.*
... die Männer...
... das Geheimnis.
Das Kind trug herzu das Erdpech,
Der Arme ... brachte den Bedarf heran.
Am fünften Tage entwarf ich des Schiffes *Außenbau;*
Ein »Feld« groß war seine Bodenfläche,
Je zehnmal zwölf Ellen hoch seine Wände,
Zehnmal zwölf Ellen ins Geviert der Rand seiner Decke.

Ich entwarf seinen *Aufriss* und stellte es dar:
Sechs *Böden* zog ich ihm *ein,*
In sieben Geschosse teilt' ich es ein.
Seinen *Grundriss* teilte ich neunfach ein.
Wasserpflöcke' schlug ich ihm ein in der Mitte.
Für Schiffsstangen sorgt' ich, legte nieder den Bedarf:
Sechs Saren Erdpech goss für den Ofen ich dar,
Drei Saren Pech tat ich hinein;
Drei Saren Korbträgersleute waren es, die das Öl trugen:
Außer einem Sar Öl, das *das Backmehl* verbrauchte,
Zwei Saren Öl, die der Schiffer speicherte.

Rinder schlachtete ich für den Proviant,
Schafe tötete ich Tag für Tag;
Most, Feinbier, Öl und Wein,
Dazu Suppen *tranken sie,* als ob's Flusswasser wäre,
Dass sie ein Fest begingen als wie am Neujahrstag!
Bei Sonnenaufgang legte ich Hand an, das *Letzte* zu tun;
Das Schiff war fertig am *siebenten Tag* bei Sonnenuntergang.
Schwierig waren ...

Immer neue *Stützhölzer* brachten sie »oben und unten«,
Bis das Schiff zu zwei Dritteln *im Wasser* schwamm.

Was immer ich hatte, lud ich darein:
Was immer ich hatte, lud ich darein an Silber,
Was immer ich hatte, lud ich darein an Gold,
Was immer ich hatte, lud ich darein an allerlei Lebenssamen:
Steigen ließ ich ins Schiff meine ganze Familie und
   die Hausgenossen,
Wild des Feldes, Getier des Feldes,
Alle die Meistersöhne hab ich hinein steigen lassen.

Den Zeitpunkt hatte Schamasch mir so angesetzt:
»Am Morgen werde ich *Küchlein,* am Abend
   einen Weizenregen niedergehen lassen.
Dann tritt hinein ins Schiff und verschließ dein Tor!«

Der Zeitpunkt kam herbei:
Am Morgen gingen *Küchlein* nieder, am Abend
ein Weizenregen.
Des Wetters Aussehn betrachtete ich –
Das Wetter war fürchterlich anzusehn.
Ich trat hinein ins Schiff und verschloß mein Tor.
Dem Schiffer Pusur-Amurri, dem Verpicher des Schiffes,
Übergab den Palast ich samt seiner Habe.
Kaum dass ein Schimmer des Morgens graute,
Stieg schon auf von der Himmelsgründung
schwarzes Gewölk.
In ihm drin donnert Adad,
Vor ihm her ziehen Schullat und Chanisch.
Über Berg und Land als Herolde ziehen sie.
Eragal reisst den Schiffspfahl heraus,
Ninurta geht, lässt das Wasserbecken ausströmen,
Die Anunnaki hoben Fackeln empor,
Mit ihrem grausen Glanz das Land zu entflammen.
Die Himmel überfiel wegen Adad Beklommenheit,
Jegliches Helle in Düster verwandelnd;
Das Land, das weite, zerbrach wie ein Topf.
Einen Tag lang wehte der Südsturm ...,
Eilte dreinzublasen, die Berge *ins Wasser zu tauchen,*
Wie ein Kampf *zu überkommen die Menschen.*
Nicht sieht einer den andern,
Nicht erkennbar sind die Menschen im Regen.
Vor dieser Sintflut erschraken die Götter,
Sie entwichen hinauf zum Himmel des Anu –
Die Götter kauern wie Hunde, sie lagern draußen!
Es schreit Ischtar wie eine Gebärende,
Es jammert die Herrin der Götter, die schön stimmige:
»Wäre doch jener Tag zu Lehm geworden,
Da ich in der Schar der Götter Schlimmes geboten!

Wie konnte in der Schar der Götter ich Schlimmes gebieten,
Den Kampf zur Vernichtung meiner Menschen gebieten!
Erst gebäre ich meine lieben Menschen,
Dann erfüllen sie wie Fischbrut das Meer!«
Die Anunnaki-Götter klagen mit ihr,
Die Götter ... sitzen da und weinen;
Die verdorrten Lippen nehmen ... -Speisen.
Sechs Tage und sieben Nächte
Geht weiter der Wind, die Sintflut,
Ebnet der Orkan das Land ein.
Wie nun der siebente Tag herbeikam,
Schlug plötzlich *nieder* der Orkan die Sintflut, den Kampf,
Nachdem wie eine Gebärende sie um sich geschlagen.
Ruhig und still ward das Meer,
Der böse Sturm war aus und die Sintflut.
Ausschau hielt ich *einen Tag lang,* da war Schweigen ringsum,
Und das Menschengeschlecht war ganz zu Erde geworden!
Gleichmäßig war wie ein Dach die Aue.
Da tat ich eine Luke auf, Sonnenglut fiel aufs Antlitz mir;
Da kniete ich nieder, am Boden weinend,
Über mein Antlitz flossen die Tränen. –
Nach Ufern hielt ich Ausschau in des Meeres Bereich:
Auf zwölfmal zwölf Ellen stieg auf eine Insel,
Zum Berg Nißir trieb heran das Schiff.
Der Berg Nißir erfasste das Schiff und ließ es nicht wanken;
Einen Tag, einen zweiten Tag erfasste der Berg Nißir
    das Schiff und ließ es nicht wanken;
Einen drittenTag, einen vierten Tag erfasste der Berg Nißir
    das Schiff und ließ es nicht wanken;
Einen fünften und sechsten erfasste der Berg Nißir
    das Schiff und ließ es nicht wanken.
Wie nun der siebente Tag herbeikam,
Ließ ich eine Taube hinaus;

Die Taube machte sich fort – und kam wieder:
Kein Ruheplatz fiel ihr ins Auge, da kehrte sie um. –
Eine Schwalbe ließ ich hinaus;
Die Schwalbe machte sich fort – und kam wieder:
Kein Ruheplatz fiel ihr ins Auge, da kehrte sie um. –
Einen Raben ließ ich hinaus;
Auch der Rabe machte sich fort; da er sah, wie das
   Wasser sich verlief,
Fraß er, *scharrte,* hob den Schwanz – und kehrte nicht um.
Da ließ ich hinausgehn nach den vier Winden; ich brachte
   ein Opfer dar,
Ein *Schüttopf* er spendete ich auf dem Gipfel des Berges:
Sieben und abermals sieben Räuchergefäße stellte ich hin,
In ihre Schalen schüttete ich Süßrohr, Zedernholz und Myrte.
Die Götter rochen den Duft,
Die Götter rochen den wohlgefälligen Duft,
Die Götter scharten wie Fliegen sich um den Opferer.
Sobald wie die Mach herzugekommen,
Hob sie die großen Fliegengeschmeide empor,
Die Anu ihr zum Vergnügen gemacht:
»Ihr Götter hier, so wahr des Lasur-Amuletts
An meinem Halse ich nicht vergesse:
Will ich die Tage hier, fürwahr, mir merken,
Dass ewig ihrer ich nicht vergesse!
Die Götter mögen nur kommen zum *Schüttopfer!*
Doch Enlil soll nicht kommen zum *Schüttopfer,*
Weil er unüberlegt die Sintflut machte
Und meine Menschen dem Verderben anheim gab!«
Sobald wie Enlil herzugekommen,
Sah das Schiff und ergrimmte Enlil,
Voller Zorn ward er über die Igigi-Götter:
»Eine Seele wäre entronnen?
Überleben sollt' niemand das Verderben!«

Ninurta tat zum Reden den Mund auf
Und sprach zu Enlil, dem Helden:
»Wer bringt denn etwas hervor außer Ea?
Auch kennt ja Ea jedwede Verrichtung!

Ea tat zum Reden den Mund auf
Und sprach zu Enlil, dem Helden:
»Held, du Klügster unter den Göttern!
Ach, wie machtest unüberlegt du die Sintflut?!
Seine Sünde leg auf dem Sünder!
Seinen Frevel leg auf dem Frevler!
Lockere, dass nicht ganz abgeschnitten werde;
Ziehe hin, dass nicht getötet werde!
Statt dass eine Sintflut du machst,
Mag ein Löwe aufstehen, die Menschen zu mindern!
Statt dass eine Sintflut du machst,
Mag ein Wolf aufstehen, die Menschen zu mindern!
Statt dass eine Sintflut du machst,
Mag eine Hungersnot gesandt werden, das Land zu fällen!
Statt dass eine Sintflut du machst,
Mag Era aufstehen, die Menschen zu erwürgen!
Nicht aber enthüllt' ich der großen Götter Geheimnis!
Den Hochgescheiten ließ ich schaun einen Traum!
So vernahm er der Götter Geheimnis;
Schaffet nun für ihn Rat!«

Da hat Enlil das Schiff bestiegen,
Meine Hand gefasst, mich einsteigen lassen,
Lassen einsteigen, knien mein Weib neben mir,
Hat berührt unsre Stirn, zwischen uns stehend, uns segnend:
»Ein Menschenkind war zuvor Utnapischtim;
Uns Göttern gleiche fortan Utnapischtim und sein Weib!
Wohnen soll Utnapischtim fern an der Ströme Mündung!«
Da nahmen sie mich und ließen mich fern an der
    Ströme Mündung wohnen. –

Wer aber wird nun zu dir die Götter versammeln,
Dass du findest das Leben, welches du suchst?
Auf, begib des Schlafs dich sechs Tage und sieben Nächte!
Als er sich nun zu Boden gesetzt –
Wie ein Nebel haucht der Schlaf ihn an.
Utnapischtim sprach zu ihr, zu seiner Gattin:
»Sieh den Mann, der Leben verlangte!
Wie ein Nebel haucht der Schlaf ihn an!«
Seine Gattin sprach zu ihm, zu Utnapischtim:
»Faß ihn an, dass der Mensch erwache!
Den Weg, den er kam, kehr' er in Frieden,
Durchs Tor, da er auszog, kehr' er zur Heimat!«
Utnapischtim sprach zu ihr, zu seiner Gattin:
»Trügerisch sind die Menschen; er wird auch dich betrügen!
Auf, back ihm Brote, leg sie ihm zu Häupten,
Und die Tage, die er schlief, vermerk an der Wand!«
Sie buk ihm Brote, legte sie ihm zu Häupten,
Und die Tage, die er schlief, bezeichnet' sie ihm an der Wand.
Sein Brot ist ganz trocken, sein erstes,
Das zweite kaum genießbar, das dritte *noch* feucht,
Das vierte ward weiß – sein *Röstbrot!*
Leicht grau geworden ist das fünfte, das sechste schon
    gar *gebacken,*
Das siebente – gleichzeitig rührt' er ihn an,
Da erwachte der Mensch.
Gilgamesch sprach zu ihm, zum fernen Utnapischtim:
»Sowie der Schlaf auf mich nieder quoll,
Hast du alsbald mich angerührt und mich aufgestört!«
Utnapischtim sprach zu ihm, zu Gilgamesch:
»Auf, zähle, Gilgamesch, zähl deine Brote!
Was auf der Wand eingezeichnet ist, möge dir kund werden!
Dein Brot ist ganz trocken, dein erstes,
Das zweite kaum noch genießbar, das dritte *noch* feucht,

Das vierte ward weiß – dein *Röstbrot,*

Leicht grau geworden ist das fünfte, das sechste schon
     gar *gebacken,*

Das siebente – gleichzeitig wachtest du auf!«

Gilgamesch sprach zu ihm, zu Utnapischtim:

»Ach, wie soll ich handeln, wo soll ich hingehn?

Da der *Raffer das Innere* mir schon gepackt hat!

In meinem Schlafgemach sitzt der Tod,

Selbst wenn ich den Fuß an einen Ort des Lebens setzen
     will: auch da ist der Tod!«

Utnapischtim sprach zu ihm, zum Schiffer Urschanabi:

»Urschanabi, der Landeplatz mißachte dich,

Die Übergangsstelle verschmähe dich!

Der du einhergingst an seiner Küste,

Entbehre nun seiner Küste!

Der Mensch, den du hergeführt –

Von Schmutz ist befangen sein Leib,

Die Schönheit seiner Glieder haben Felle entstellt.

Nimm ihn, Urschanabi, bring ihn zum Waschort,

Dass er wasche mit Wasser seinen Schmutz – wie Schnee!

Seine Felle werf' er ab, dass das Meer sie entführe!

Sein schöner Leib werde überspült!

Seines Hauptes Binde werde erneuert!

Ein Gewand zieh' er an, das seiner Würde gemäß ist!

Bis dass er kommt zu seiner Stadt,

Bis er gelangt auf seinen Weg,

Werde nicht grau sein Gewand, neu bleib' es, neu!«

Es nahm ihn Urschanabi, bracht' ihn zum Waschort,

Er wusch mit Wasser seinen Schmutz – wie Schnee!

Seine Felle warf er ab, dass das Meer sie entführte,

Sein schöner Leib wurde überspült.

Seines Hauptes Binde wurde erneuert,

Ein Gewand zog er an, das seiner Würde gemäß war.

Bis dass er komme zu seiner Stadt,
Bis dass er gelange auf seinen Weg,
Sollt' es nicht grau werden, neu sollt' es bleiben, neu!
Gilgamesch und Urschanabi stiegen ins Schiff,
Das Schiff setzten sie ein, und sie fuhren dahin.
Seine Gattin sprach zu ihm, zum fernen Utnapischtim:
»Gilgamesch kam, hat sich abgemüht, abgeschleppt –
Was solltest du ihm geben, dass er kehrt in die Heimat?«
Er aber, Gilgamesch, hob die Schiffsstange,
Brachte das Schiff ans Ufer heran.
Utnapischtim sprach zu ihm, zu Gilgamesch:
»Du, Gilgamesch, kamst, hast dich abgemüht, abgeschleppt –
Was soll ich dir geben, dass du kehrst in die Heimat?
Ein Verborgenes, Gilgamesch, will ich dir enthüllen,
Und ein *Unbekanntes* will ich dir sagen:
Es ist ein Gewächs, dem Stechdorn *ähnlich,*
Wie die *Rose* sticht dich sein Dorn in die Hand.
Wenn dies Gewächs deine Hände erlangen,
Findest du das Leben!«
Kaum hatte Gilgamesch dieses gehört, grub er einen Schacht.
Da band er schwere Steine an die Füße,
Und als zum Apsû sie ihn niederzogen,
Da nahm er's Gewächs, ob's auch stach in die Hand,
Schnitt ab *von den Füßen* die schweren Steine,
Dass ihn *die Flut* ans Ufer warf.
Gilgamesch sprach zu ihm, zum Schiffer Urschanabi:
»Urschanabi, dies Gewächs ist das Gewächs gegen die *Unruhe,*
Durch welches der Mensch sein *Leben* erlangt!
Ich will's bringen nach Uruk-Gart, es dort zu essen geben
    und dadurch das Gewächs erproben!
Sein Name ist »Jung wird der Mensch als Greis«;
Ich will davon essen, dass mir wiederkehre die Jugend.« –Nach

zwanzig Doppelstunden nahmen sie einen Imbiss ein,
Nach dreissig Doppelstunden schickten sie sich zur Abendrast.
Da Gilgamesch einen Brunnen sah, dessen Wasser kalt war,
Stieg er hinunter, sich mit dem Wasser zu waschen.
Eine Schlange roch den Duft des Gewächses.
Verstohlen kam sie herauf und nahm das Gewächs;
Bei ihrer Rückkehr warf sie die Haut ab!

Zu der Frist setzte Gilgamesch weinend sich nieder,
Über sein Antlitz flossen die Tränen:
»Ach, rate mir doch, Schiffer Urschanabi!
Für wen, Urschanabi, mühten sich meine Arme?
Für wen verströmt mein Herzblut?
Nicht schafft' ich Gutes mir selbst –
Für den Erdlöwen wirkte ich Gutes!
Jetzt steigt zwanzig Doppelstunden weit die Flut,
Und ich ließ, als den Schacht ich grub, das Werkzeug fallen!
Welches könnte ich finden, das an meine *Seite ich legte?*
Wäre ich doch zurückgewichen und hätte das Schiff
    am Ufer gelassen!«

Nach zwanzig Doppelstunden nahmen sie einen Imbiss ein,
Nach dreissig Doppelstunden schickten sie sich
zur Abendrast.
Als sie hinein nach Uruk-Gart kamen,
Sprach Gilgamesch zu ihm, zum Schiffer Urschanabi:

»Steig einmal, Urschanabi, auf die Mauer von Uruk,
    geh fürbass,
Prüfe die Gründung, besieh das Ziegelwerk,
Ob ihr Ziegelwerk nicht aus Backsteinen ist,
Ihren Grund nicht legten die sieben Weisen!
Ein Sar die Stadt, ein Sar die Palmgärten,
Ein Sar die Flußniederung, dazu der *(heilige)* Bereich
    des Ischtartempels:
Drei Sar und den *(heiligen)* Bereich von Uruk *umschließt sie!«*

Zwölfte Tafel

[Die zwölfte Tafel ist vermutlich ein Anhang. Hier lebt Enkidu noch, obwohl bereits am Ende der siebten Tafel sein Tod berichtet wird]

[Zu Beginn spricht Gilgamesch:]

»Hätte ich doch heute die *Trommel* im Hause
　　des Zimmermanns gelassen!
Die Gattin des Zimmermanns *hätte* meiner leiblichen
　　Mutter gleich ...,
Die Tochter des Zimmermanns *hätte* wie meine
　　jüngere Schwester.
Heute ist die *Trommel* mir in die Erde gefallen.
Die *Trommelstöcke* sind mir in die Erde gefallen.
Enkidu antwortete dem Gilgamesch:
»Mein Herr, warum weinst du, warum ist dein
　　Herz so traurig?
Die *Trommel* aus der Erde werde ich holen,
Die *Trommelstocke* aus der Unterwelt werde ich holen!«
Gilgamesch antwortet dem Enkidu:
»Wenn du in die Unterwelt hinabsteigen willst,
Dann musst du meinen Rat dir gut zu Herzen nehmen:
Ein reines Gewand darfst du nicht anziehen;
Sonst erkennen sie, dass du (dort) ein Fremder bist!
Darfst dich mit gutem Öl aus der Büchse nicht salben –
Sonst scharen sie sich zu dir, sobald sie es riechen!
Du darfst das Wurfholz nicht auf die Erde werfen,
Sonst umringen sie dich, die vom Wurfholz erschlagen;
Darfst in die Hand einen Stock nicht nehmen,
Sonst *erzittern vor* dir die Geister.
Schuhe darfst du nicht tun an die Füße,
Lärm in der Unterwelt darfst du nicht machen;
Dein Weib, das du liebtest, darfst du nicht küssen,
Dein Weib, dem du gram warst, darfst du nicht schlagen,

Dein Kind, das du liebtest, darfst du nicht küssen;
Dein Kind, dem du gram warst, darfst du nicht schlagen:
Sonst wird dich der Aufschrei der Erde packen!
Ihr, die da ruht, die da ruht, der Mutter des Nin-Asu,
   die da ruht,
Ihre reinen Schultern sind mit keinem Kleid bedeckt,
Ihre Brust ist wie eine Schale angetan, entblößt!«
Den Rat seines Herrn nahm sich Enkidu nicht zu Herzen.
Er zog sich ein reines Gewand an –
Dass er dort ein Fremder war, stellten sie fest.
Mit gutem Öl aus der Büchse salbte er sich –
Sie scharten sich zu ihm, sobald sie es rochen!
Das Wurfholz warf er auf die Erde –
Da umringten sie ihn, die vom Wurfholz erschlagen!
Er nahm einen Stock in seine Hand –
Da *erzitterten* die Geister vor ihm!
Schuhe tat er an seine Füße,
Lärm in der Unterwelt machte er;
Sein Weib, das er liebte, küsste er,
Sein Weib, dem er gram war, schlug er;
Sein Kind, das er liebte, küsste er,
Sein Kind, dem er gram war, schlug er!
Da packte ihn der Aufschrei der Erde:
Sie, die da ruht, die da ruht, die Mutter des Nin-Asu,
   die da ruht,
Ihr bedeckt die reinen Schultern kein Kleid,
Ihre Brust ist wie eine Schale unbekleidet.
Damals kehrte Enkidu aus der Erde nicht *nach oben zurück.*
»Nicht packte ihn Namtar, nicht packt' ihn Aßakku
   – ihn packte die Erde!
Nicht packte ihn Nergals unerbittlicher Lauerer
   – ihn packte die Erde!
Nicht fiel er auf der Walstatt der Männer

– ihn packte die Erde!«

Damals ging von dannen Rimat-Ninsuns Sohn und weinte
über seinen Knecht Enkidu.

Zu Ekur, Enlils Tempel, ging er alleine hin:

»Vater Enlil, heute ist mir *die Trommel* in die Erde gefallen,

Mein *Trommelstock* ist mir in die Erde gefallen!

Enkidu, der *sie* mir heraufzuholen hinabfuhr,
ihn packte die Erde!

Nicht packte ihn Namtar, nicht packt' ihn Aßakku
– ihn packte die Erde!

Nicht packte ihn Nergals unerbittlicher Lauerer
– ihn packte die Erde!

Nicht fiel er auf der Walstatt der Männer –
ihn packte die Erde!«

Vater Enlil erwiderte ihm kein Wort.

Zu Sins Tempel ging er alleine hin:»Vater Sin, heute ist mir
die Trommel in die Erde gefallen,

Mein *Trommelstock* ist mir in die Erde gefallen!

Enkidu, der *sie* mir heraufzuholen hinabfuhr,
ihn packte die Erde!

Nicht packte ihn Namtar, nicht packt' ihn Aßakku
– ihn packte die Erde!

Nicht packte ihn Nergals unerbittlicher Lauerer
– ihn packte die Erde!

Nicht fiel er auf der Walstatt der Männer
– ihn packte die Erde!«

Vater Sin[25] erwiderte ihm kein Wort.

Zum Tempel Eas ging er alleine hin:

---

[25] *Sin*: Mondgott, Fruchtbarkeitsgott, Stadtgott von Ur, Sohn des Enlil.
Seine Gattin ist Ningal, ihre Kinder sind Amar, Itar und Adad. Sin resi-
diert in dem bedeutenden Tempel Ikinugal (›Haus, in dem Mondlicht ist‹)

»Vater Ea, heute ist mir *die Trommel* in die Erde gefallen,
Mein *Trommelstock* ist mir in die Erde gefallen!
Enkidu, der *sie* mir heraufzuholen hinab führ,
  ihn packte die Erde!
Nicht packte ihn Namtar, nicht packt' ihn Aßakku
  – ihn packte die Erde!
Nicht packte ihn Nergals unerbittlicher Lauerer
  – ihn packte die Erde!
Nicht fiel er auf der Walstatt der Männer
  – ihn packte die Erde!«
Kaum dass Vater Ea dieses vernommen,
Da sprach er zu Nergal, dem mannhaften Helden:
»Nergal, mannhafter Held, *hör mich an:*
Möchtest du doch ein Loch der Erde auftun,
Damit Enkidus Totengeist der Erde entfahren kann,
Dass er künde seinem Bruder *die Ordnung der Erde!«*
Nergal, der mannhafte Held, *gehorchte*
Und hatte *kaum* ein Loch der Erde aufgetan,
Als Enkidus Totengeist schon wie ein Wind
  aus der Erde entfuhr!
Da umarmten sie einander, setzten sich zusammen.
Zu ratschlagen hatten sie, *quälten* sich dabei:
»Sage mir, mein Freund, sage mir, mein Freund,
Sage mir die Ordnung der Erde, die du schautest!«
»Ich sag sie dir nicht, mein Freund, ich sag sie dir nicht!
Sag ich dir die Ordnung der Erde, die ich schaute –
Du müsstest dich setzen und weinen!« –
»So will ich mich setzen und weinen!« –
»Freund, *meinen Leib,* den du frohen Herzens berührtest,
Frisst Ungeziefer, wie ein altes *Gewand!*
Mein Leib, den du frohen Herzens berührtest,
Ist wie eine Erdspalte voll von Erdstaub.«

Da sprach *Gilgamesch* »wehe«, kauernd im Staube,
Da sprach Gilgamesch zu Enkidu, kauernd im Staube:
»Den, der einen Sohn zeugte, sahst du ihn?« – »Ja, ich sah:
In meiner Wand ist ein Nagel, darob weint er bitterlich.«
»Den, der zwei Söhne zeugte, sahst du ihn?« – »Ja, ich sah:
Auf zwei Ziegeln sitzt er und ißt das Brot.«
»Den, der drei Söhne zeugte, sahst du ihn?« – »Ja, ich sah:
Aus einem Schlauch ... trinkt er das Wasser.«
»Den, der vier Söhne zeugte, sahst du ihn?« – »Ja, ich sah:
Gleich einem, der vier Esel anspannen kann, ist sein
    Herz freudig.«
»Den, der fünf Söhne zeugte, sahst du ihn?« – »Ja, ich sah:
Gleich einem guten Schreiber ist er arbeitsbereit,
Wie es recht ist, tritt er in den Palast ein.«
»Den, der sechs Söhne zeugte, sahst du ihn?« – »Ja, ich sah:
Einem Landmann gleich ist sein Herz freudig.«
»Den, der sieben Söhne zeugte, sahst du ihn?« – »Ja, ich sah:
Als ein jüngerer Bruder der Götter sitzt er auf dem Stuhl
    und lauscht *den Glückwünschen.«*
»Den, der keinen Erben hatte, sahst du ihn?« – »Ja, ich sah:
Gleich einem ... ißt er das Brot;
Wie ein schönes Gottesemblem
Einem unerfahrenen Arbeitsaufseher gleich verkriecht
    er sich in den Winkel!«
»Die Frau, die nie gebar, sahst du sie?« – »Ja, ich sah:
Einem ... -Gefäß gleich ist sie gewaltsam zu Boden
    geworfen, kann keinen Mann erfreuen.«
»Den jungen Mann, der noch keiner Frau Blöße aufdeckte,
    sahst du ihn?« – »Ja, ich sah:
Ein Türriegel-Zugseil reichst du ihm, er aber weint sehr
    über dieses Seil!«

»Die junge Frau, die noch keinem Mann die Blöße aufdeckte,
   sahst du sie?« – »Ja, ich sah:
Eine Matte reichst du ihr, aber sie weint sehr über die Matte!«

   [16-20 Verse fehlen]

»Der durch einen Schiffspfahl erschlagen wurde, sahst
   du ihn?« – »Ja, ich sah:
Kaum, dass er nach seiner Mutter rief, durch Herausziehen
   des Pflocks ...«

»Der einen *sehr frühen* Tod starb, sahst du ihn?« – »Ja, ich sah:
An nächtlicher Schlafstatt ruht er, reines Wasser trinkend.« –

»Der getötet ist in der Schlacht, sahst du den?« – «Ja, ich sah:
Sein Vater und seine Mutter halten sein Haupt,
Sein Weib weint über ihn.« –

»Dessen Leichnam man in die Steppe warf, sahst du den?«
– »Ja, ich sah:
Sein Geist ist ruhelos auf der Erde.« –

»Dessen Geist keinen Pfleger hat, sahst du den?« – »Ja, ich sah:
Ausgewischtes aus dem Topf, auf die Straße geworfene
Bissen muss er essen.«

Zeittafel

~ 3500 v. Chr. – Schon im vierten Jahrtausend vor Christus war Uruk ein großes urbanes und politisch führendes Zentrum der sumerischen Frühzeit. Der bedeutendste Teil der Stadt war der ›Kalksteintempel‹, ein ca. 70 mal 30 Meter großer Bau aus Kalksteinblöcken. Auch Holzbalken von zwölf Metern Länge, Reste von Großskulpturen und Reliefs, Tierfiguren, aufwändig gestaltete Steingefäße und Rollsiegel wurden gefunden.

~ 2770 v. Chr. – Meskiag-gaschir, der erste König der Ersten Dynastie regiert in Uruk.

~ 2652 v. Chr. bis 2602 v. Chr. – Regentschaft des Gilgamesch, Fünfter König der Ersten Dynastie.

~ 2100 v. Chr. – Letzte sumerische Reichsbildung unter den Königen der 3. Dynastie von Ur.

~ 2000 v. Chr. – Die semitischen Akkader und andere semitische Gruppen übernehmen die Führung in Babylonien und wachsen mit den Sumerern zum Volk der Babylonier zusammen.

~ 1800 v. Chr. – Aus dieser Zeit stammen die bisher ältesten bekannten Tafelbruchstücke.

~ 1200 v. Chr. – Der Schreiber und Orakelpriester Sîn-leqe-unnīnī fasst die Sagen um Gilgamesch zum Zwölftafel-Epos zusammen.

~ 1194 bis 1184 v. Chr. – Trojanischer Krieg. Zeit der Helden Achilles und Odysseus.

~ 356 bis 223 v. Chr. – Alexander der Große baut sein Reich auf, erobert auch Babylon.

~ 246 bis 183 v. Chr. – Hannibal rivalisiert mit dem Römischen Imperium.

~ zum Vergleich: 100 bis 44 v. Chr. – Die Lebensdaten von Gaius Iulius Cäsar, des bekanntesten römischen Herrschers.

Genese des Werkes

ZUNÄCHST gab es mehrere voneinander unabhängige Erzählungen um Gilgamesch und Enkidu, die erst durch Sîn-leqe-unnīnī zu einer einheitlichen Sage verbunden wurden. Gilgamesch taucht in diesen frühen Geschichten auch untern den Namen ›Bilgameš‹ oder kurz ›Bilga‹ auf.

1. *Gilgameš und Agga von Kiš.* Dieser Text erscheint im Zwölftafel-Epos nicht. Er berichtet vom Übergang der Macht von Kiš auf die Stadt Uruk.

2. *Gilgameš und die jungen Frauen*

3. *Gilgameš und Chuwawa.* Von diesem Text liegen zwei bis drei Fassungen vor, die zum Ausgangspunkt der Tafeln 4 und 5 des Zwölftafel-Epos wurden.

4. *Gilgameš und der Himmelsstier.* Dieser Text wurde fast komplett in der 6. Tafel des Zwölftafel-Epos aufgegriffen. Er handelt von einer Auseinandersetzung zwischen Inanna (Istar) und Gilgameš.

5. *Gilgameš, Enkidu und die Unterwelt.* Dieser Text wird in den frühen Fassungen des Epos nur als Anregung verwendet. Erst spät wird die zweite Hälfte davon als Anhang hinzugefügt. In einigen Fragmenten wird Gilgamesch als Richter in der Unterwelt vorgeführt. Er beinhaltet eine Unterweltsvision und legitimiert Gilgamesch als Begründer des Totenkultes.

6. *Tod des Gilgamesch.* Dieser Text wurde später vor allem auf Enkidu umgemünzt.

7. *Die Sintflut-Erzählung* gehört in ihrer sumerischen Fassung nicht zu den Geschichten um Gilgamesch. Die Figur des Utanapišti trägt hier den Namen Ziusudra. Wahrscheinlich handelt es sich bei diesem Text um eine rückwirkende Übersetzung in die sumerische Sprache, die selbst aus mehreren älteren Fassungen schöpft und vor allem in Form des Atraḫasis-Epos einen eigenständigen mythischen Bericht darstellt.

Im zwölften Jahrhundert vor Christus machte sich der Schreiber und Orakelpriester Sîn-leqe-unnīnī daran, die Erzählungen um Gilgamesch neu zu sichten und zu einem einheitlichen Werk zusammenzufassen. Er verwendete dazu einen Teil – jedoch nicht alle – der bis dahin bekannten Gilgamesch-Sagen. Das Ergebnis, das Zwölftafel-Epos, ist das heute allgemein *Gilgamesch-Epos* genannte Werk. Die Endversion des Epos mit etwa 3600 Verszeilen wurde vermutlich in Uruk auf elf Keilschrifttafeln niedergeschrieben. Den größten Teil des noch erhaltenen Textes fand man – um eine zwölfte Tafel ergänzt – in der sagenhaften, großen Tontafelbibliothek des Assyrerkönigs *Aschurbanapli*[26] (biblisch: *Assurbanipal*) (669–627 v. Chr.) in seiner Hauptstadt Ninive.

Viele Motive aus dem Gilgamesch-Epos sind später in die Sagen, Legenden und Märchen anderer Völker eingegangen.

---

[26] *Aschurbanapli* (auch Assurbanipal; Aschur-Bani-Apli, Regierungszeit 669–627 v. Chr.): Letzter großer Herrscher Assyriens. Er erbte ein riesiges Königreich, das sich vom heutigen Nordägypten bis Persien erstreckte. 652 v. Chr. hatte er sein Herrschaftsgebiet so weit ausgedehnt, dass es das heutige Südägypten und Westanatolien mit einschloss. Seine Herrschaftszeit gilt als der Höhepunkt der assyrischen Kultur. Er ließ in Ninive, gelegen im heutigen Nord-Irak, eine Sammlung von Keilschrifttafeln anlegen, die wohl die bedeutendste Bibliothek ihrer Zeit war. Der größte Teil der noch erhaltenen Texte des Gilgamesch-Epos stammt aus dieser Bibliothek.